虚空の旅人

虚空旅人

守护者系列

[日] 上桥菜穗子 著　刘争 译

SPM 南方传媒　新世纪出版社
广州

主要人物介绍

查格姆
新约格王国的太子。

修加
观星博士，查格姆太子的老师兼军师。

塔鲁桑
桑加国王的二儿子。小时候在卡鲁修岛生活。

萨鲁娜
桑加国王的三女儿。负责招待查格姆。

司丽娜
生活在卡鲁修岛附近的拉夏洛女孩。为拯救家人独自前往桑加都城。

艾夏娜
成为纳由古路莱塔之眼的拉夏洛女孩。

其他人物介绍

* 桑加王国的人物

塔夫姆鲁：桑加国王。

卡丽娜：桑加国王的长女，卡鲁修岛岛主阿多鲁的妻子。

卡鲁南：桑加国王的长子，王位继承者。

洛库萨娜：桑加国王的二女儿。

阿多鲁：卡鲁修岛岛主。卡丽娜的丈夫。

托拉娜：已故桑加王后的母亲。

约南：桑加国王的弟弟，曾担任大将军，后病故。

紫娜：卡鲁南王子的妻子。

雅塔：卡鲁修岛的渔夫，艾夏娜的父亲，有名的潜水捕鱼能手。

拉克拉：卡鲁修岛人。因伤退役后在桑加都城经营酒馆。

* 拉夏洛人

多哥鲁：生活在斯卡鲁海的拉夏洛人。

塔得：生活在卡那克群岛的拉夏洛人。

* 其他国家的人物

约萨穆：罗塔国王。

拉达：坎巴国王。

雅特诺伊·拉斯古：神秘人物。

用语集

纳由古   另一个海。被认为是存在于雅鲁塔西海海底的另一个世界。

纳由古路莱塔   海母神的孩子们。居住在纳由古的民族。

托阿拉·雅鲁塔西·那   真正的海之民。

雅鲁塔西·修里   海之兄弟。

席格鲁·那索伊·拉   海底歌唱之子。

兰贵娜花   桑加王国特有的一种花。

洛卡莉娜酒   一种有花香的酒。

加币   桑加王国的货币单位。十个查鲁等于一个加币。

阿卡鲁   产于桑加王国的一种水果。适合与生鱼片凉拌，十分美味。

香格拉姆   用桑加独有的贝壳做成的笛子。

地 图

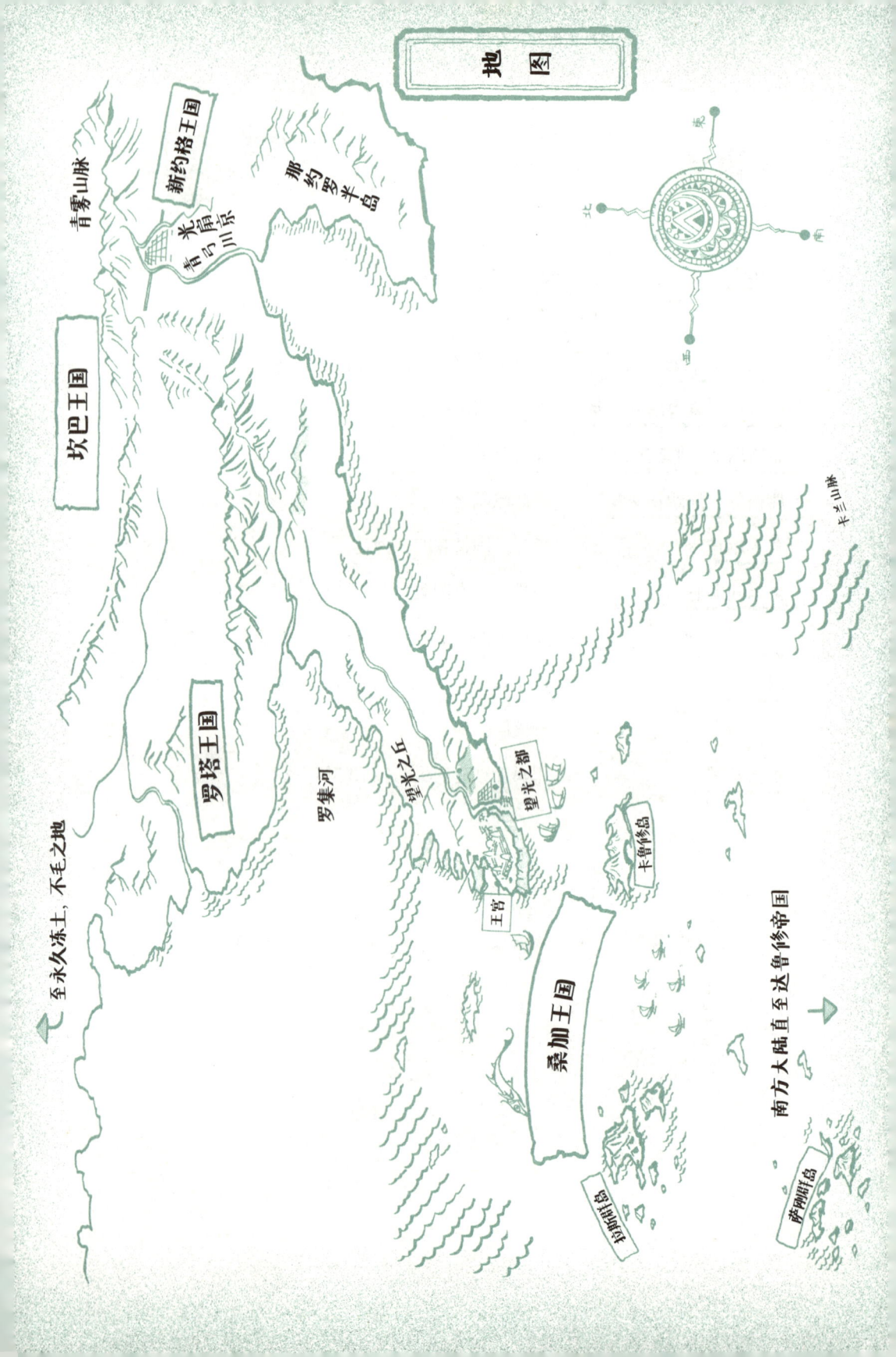

青雾山脉
新约格王国
那约罗半岛
青弓川原
青弓川原

北 东 南 西

坎巴王国

罗塔王国
罗集河
望光之丘
望光之都
王宫
卡鲁修岛

桑加王国
诗斯群岛
萨咖群岛

至永久冻土，不毛之地

南方大陆直至达鲁修帝国

卡兰山脉

目 录

序章　海里吹来的风 ············ 001

　　1. 与风对唱的女孩 ············ 003
　　2. 拉夏洛人 ············ 013

第一章　海之都 ············ 025

　　1. 望光之丘 ············ 027
　　2. 比武祝贺 ············ 035
　　3. 花亭的风 ············ 054
　　4. 交易 ············ 061
　　5. 纳由古路莱塔之眼 ············ 072
　　6. 艾夏娜的戒指 ············ 084

第二章　诅咒 ············ 097

　　1. 海底的庆典 ············ 099
　　2. 恐怖鱼叉 ············ 112
　　3. 幕后操纵者和被操纵的傀儡 ············ 126

4. 将生命交给命运之时 ············ 144
5. 命运的齿轮 ············ 156

第二章 举行仪式的暗夜 ············ 175

1. 暗云 ············ 177
2. 攻与防 ············ 194
3. 歌舞之宴 ············ 212
4. 断崖 ············ 222
5. 为政者之污秽 ············ 237

终○章 在虚空飞翔的鹰隼 ············ 251

序　章

海里吹来的风

船头站着一排士兵。在黄昏中，看不清士兵们的样子，只能看到黑黑的影子。他们手中的弓箭反射着落日最后的余晖，闪闪发光。

1　与风对唱的女孩

风很大。夜空中浮起一轮半月，云朵被风刮得时隐时现，在海岸上倒映出的影子时有时无。那晚，有一个老渔夫走在海滩上，他的一把白胡子在风中飘扬。

圣塔来鱼把风唤来了。

今天捕鱼获得了大丰收，网到了不少在这里被称为唤风鱼的鱼儿。这种鱼鱼身银白，形似箭。正值年初，就到了这种鱼产卵的季节。而在平时，这种鱼总是在渔网无法到达的海底活动，只有现在这个时期才会为了到礁石处产卵游到海边。

没有什么比满腹鱼卵的圣塔来鱼更加美味的了。渔夫每次捕到珍贵的鱼儿，按规矩都要首先献给岛主大人。只有圣塔来鱼自古被认为是海母神送给渔夫的礼物，因而岛上有渔夫率先食用的习俗。对岛上的人来说，这个季节是一年中最值得盼望的季节。

众多渔夫及其家人参加的圣塔来鱼烧烤宴会刚刚结束。那个走在岸边的老渔夫此刻心满意足，鼻孔深处还残留着用木炭烤得吱吱作响的鱼肉的香味。

年轻人已经喝得微醺，却还在喝着。这个老渔夫酒量不好，他发现风越来越大，就离开了宴席。明天要献给岛主大人的圣塔来鱼就在西边礁石区的鱼笼里，他担心大风会把覆盖在鱼笼上用来防止野兽偷鱼的网子掀开，那样鱼儿会被野兽吃掉的。

老渔夫的白胡子被风吹到眼前。他用手拨开挡住眼睛的胡子，突然停住了脚步。

有一个人坐在岸边，仰着毫无表情的脸，望着大海。

云开月现。在皎洁的月光下，他终于看清那是一个蹲坐着的女孩。

"艾夏娜？"

这是邻居家的女孩，今年刚满五岁，是一个很乖的孩子。

老渔夫正要呵斥她这么晚在海边做什么，却把到嘴边的话给咽了下去。这是因为风里有一个细微的声音。艾夏娜在唱歌，只不过那歌词唱起来抑扬顿挫，不像是这个岛上的语言。

"这是怎么回事？"

海边并不怎么冷，老渔夫却不寒而栗。

"起风了。"

烛台上的蜡烛是用野兽油脂做成的。烛光在风中摇曳，好几次几近熄灭。仆人们赶紧跑到窗户旁边，把挡风帘咣啷咣啷地拉下来。这一下，风的声音马上就小了。一会儿工夫，大厅里潮湿的空气很快就让人感觉闷热起来。

身穿宽松干爽的衣服，腰间系着奢华锦缎腰带的青年唰地一挥手，就把这些仆人全都从大厅打发走了。随后他转过脸，看向坐在巨大客座上的一位体格瘦削的中年男人。

　　这个青年叫阿多鲁，前年父亲去世后由他继承了岛主之位。他五官端正，表情严肃，不像是地位尊贵的岛主，倒更像一个精明的商人。从他那倨傲的眼神中也分明可以看出，他所统治的卡鲁修岛是桑加王国统治下的所有岛中最正统的。

　　"所以呢？"

　　听到阿多鲁的话，客座上商人打扮的异国客人抬起眼睛望着他说："诺拉姆诸岛的盖鲁殿下也成了我们的同盟。"

　　阿多鲁眉头一挑："什么？那个盖鲁殿下吗？我以为他全都听他夫人的呢。"

　　客人淡淡一笑说："夫人再聪明也毕竟是女人。哪有男人乐意被女人压一头？"

　　阿多鲁摇头苦笑说："你这个外国人还是不懂啊！你虽然精通我们国家的政治，却不理解感情之事啊！在我们桑加，聪明的夫人可是宝贝。无论平民百姓还是我们贵族都是这样想的。岛主大人的夫人们可不是王室的附属品。"

　　阿多鲁压低了声音。他的夫人并不在家，为了筹备桑加王室新王的即位大典，已经先行一步到桑加都城的王宫去了。

　　"如果仅仅是为了扭转地位，其实你们没必要跟那些夫人离婚。有着桑加王室血统的夫人们如果真像你们说的那样聪明，那么无论何种情况下都会选择强大并对自己有利的一方……当然前提是你们斗得过夫人们才行。"

客人一笑，阿多鲁也终于笑了。

"这个很难啊！不过因此才会更有动力。"

客人感慨地点头道："那就是桑加人的脾性吧。正如你所说，桑加人既是即使在危险的狂风中也要出海获利的商人，又是具备勇气的武者。但桑加王室这点错了，他们以为只要拴上了妻子这条锁链，就可以永远控制你们。"

阿多鲁正要继续开口说话，突然听到殿内某处有巨大的开门声，还掺杂着慌张的人声，甚至还有哭声。

"怎么回事？"

阿多鲁一边听着仆人们在耳边传话，一边点头。然后，他转身说了声"失陪"，便从大堂消失了。

阿多鲁走了以后，大堂里还是能听到让人感到不安的喧闹声，但声音逐渐变小了。随后士兵们走到宫外的脚步声、巨大的关门声响彻整个大殿，之后一切又陷入深沉的静谧之中。客人从椅子上站起身来，把别在腰带里的短剑移至腰侧，以便随时拔出。不一会儿，大堂的门开了，阿多鲁回来了。他皱着眉头，一副心烦意乱的样子。

"怎么了？"

阿多鲁这才猛然回过神来，他看着客人，说道："噢，没什么，跟我们谈的事情无关。你放心。"

客人蹙眉道："怎么回事？什么事让你这么慌张？有点儿反常。"

"一言难尽。岛上发生了一些不可思议的事。"

"那个，你们国家也是濒临大海的吧？"

"是啊。"

"那你们国家可能也会有这样的传说。据说，我们这片叫作雅鲁塔西海的海底生活着一个叫作纳由古路莱塔的民族。"

风吹得窗户哐啷作响。远处传来大海的涛声。

"桑加人是海之民，但是无法在海中生活，而纳由古路莱塔人却无法在海岸上生活。两个世界原本互不干涉、和平共处，可是纳由古路莱塔人有时会出现在海面上侦察上面的世界。"

"侦察？你是说纳由古路莱塔人会钻出海面吗？"

"不，不是那样的。他们把人的灵魂吸走，然后附在人的肉体上。他们大多会选择五岁左右的孩子下手，那些被吸走灵魂的孩子会突然望着天，用听不懂的语言唱歌，不吃不喝，就像布娃娃一样任人摆布。连我也不知是从什么时候开始出现这种现象的，据说是从桑加圣堂的祭司长在梦中得到神示以后。神示就是'这些孩子是纳由古路莱塔人观察世人的眼睛。如果人世间出现邪恶，我们纳由古路莱塔人将消灭人类'。此后，我们就把这些孩子称为'纳由古路莱塔之眼'了。"

客人不由得探身说："这太不可思议了……那些孩子会如何呢？"

"纳由古路莱塔人被称为海母之子，而海母神赐予我们食物，桑加人是海母神的仆人。既然是神看我们的眼睛，当然不能怠慢。但是万一纳由古路莱塔人占据了生活在海岸上的人民的肉体，看到了人世间的邪恶，告诉了神，那么我们将会被神毁灭。

"因此，桑加圣堂的祭司长向国王进言说要敬畏海母神，应当把神的眼睛带到都城的王宫去，好好招待，负责伺候他们的使者要确保不让神的眼睛看到人世间的污秽。

"因此就有了这样的习俗——那些被认为是纳由古路莱塔之眼的孩子会被蒙上眼睛带到桑加国王那里，接受最高级别的款待之后，再被送回大海。"

"送回大海是什么意思？"

"嗯……就是举行一个'还魂'仪式，从霍斯洛悬崖把他们推下海。"

客人听到这里，明白刚才听到有人哭是怎么回事了。那是孩子的亲人在哭泣吧。

"那么刚才是告知大家出现了纳由古路莱塔之眼的意思？"

"是的。我心里还有一些不确定，但这是我有生以来头一次经历这种事。整件事情听起来都和传说一模一样。"

客人看到阿多鲁痛苦的表情，不知想到了什么，眯起了眼睛。

"那个孩子你认识吗？"

"不认识，只是一个渔夫的女儿。这个渔夫是这个岛上最出名的潜水渔夫。他已经去世了，生前曾是教塔鲁桑王子潜水捕鱼的老师。"

年轻的岛主看到客人睁开了眼睛，脸上又浮现一丝苦笑。

"你也知道，这个岛是桑加王室的发祥地。岛虽小，但自古以来按照王室的传统，都让长子留在都城接受教育，学习怎样做一个国王，而将次子送到这个岛上培养成海上男儿。我妻子的弟弟塔鲁桑王子就像我自己的兄弟一样在这个岛上长大。塔鲁桑王子跟我不一样，他特别喜欢捕鱼。"

岛主的语气中似乎有些轻蔑。

"他要是生在渔夫之家，也许会更快乐些。他从小就喜欢潜水捕鱼，对那个女孩也像自己的妹妹一样喜欢，还拿贝壳给她做过小戒指呢。我想他要是知道这件事，心里肯定会很难受。"

"哦……"客人若有所思地摸着下巴，"那要先把那个女孩送到你这里，然后再由你送她去王宫吗？"

"应当如此吧。"

"从这里到王宫准确来说需要几天时间？"客人语速很快，眼里闪着狡黠的光芒。

阿多鲁觉得有些奇怪，但还是回答道："最少需要五天。如果加上准备的时间，还得再多三天。我不打算赶在即位大典之前到，反正大典要持续二十天，晚一天到也不要紧。"

这时大厅的门打开了，又传来一阵喧闹声。

"好像到了。那我失陪了！"阿多鲁站起身，客人也随之站了起来。

"如果可以的话，我也想看看纳由古路莱塔之眼。"

阿多鲁露出一副不解的神情。客人微微一笑说："你可能忘了，我多少会些巫术。要是我能接触到那女孩的灵魂，就可以知道她到底是被人操纵了，还是仅仅得了心病。"

"可是，祭司和岛民们全都看着呢。要是让他们知道你的身份，那就……"

"没关系。我不会让祭司和岛民们怀疑的。"

尽管阿多鲁仍有些迟疑，但最终还是点了点头。

"那么，这边请吧。"

从里间的厅堂里走出来，感觉风更大了。桑加的这座大宅原本就是通风结构，即使摆放了挡风用具，风还是会从各处钻进来。

湿热的海风吹乱了人们的头发，岛主和客人走向门口那个昏暗的房间。在通往门口的宽敞过道里，一群渔夫被士兵团团围住。

在被包围的渔夫们的正中间的是一个用白布包住头的女孩，她的双手被祭司拎着，面无表情地站在那里。她身上裹了一块腰布，这是渔家孩子的打扮。女孩赤着被太阳晒黑的小脚，上面还带着海沙。从这双小脚的种种细节可以看出，这个孩子大概只有五岁。

阿多鲁像是完全忘记了平日的傲慢，他微微皱眉看着这个女孩，然后像是突然想起应该行礼致敬，弯腰向女孩道："欢迎您的到来。在您回去之前，请允许我们招待您。"

女孩好像没有听到他说话，只是像一个木偶般一动不动。

客人向女孩走近一步，手轻轻地伸向她头上的布。

"不可以摘掉盖布！"祭司立刻制止道。

客人对祭司微笑，沉稳地点点头。

"我不摘盖布。您别担心，祭司大人。我是个异国客人，能否让我向纳由古路莱塔之眼行礼问候？"

这个客人比岛上的任何一个人的个头儿都矮小，却自带一种威严感。大家都不禁安静下来看着他。祭司勉强点了点头。于是，客人伸出手轻轻地摸着女孩的头，闭上了眼睛。女孩没有任何反应，面无表情。过了一会儿，客人睁开眼睛。他沉默了很久，一直注视着女孩。

"客人，您问候完了吗？"

客人听到祭司的问话猛然回过神来。他望向祭司，却好像不明白他问话的意思。

"什么？噢噢，对，是的，谢谢！"

说完，他向众人施了一礼，然后便拨开人群离去了。祭司对此感到很奇怪，回过神来后，继续说："岛主殿下，请给神的使者以最高级别的款待。"

阿多鲁迅速收回望着客人远去的目光，他望着纳由古路莱塔之眼，说了一声"遵命"，便请侍女们带纳由古路莱塔之眼到最高级别的客房去，伺候其沐浴和就寝。

"来两个士兵，你，还有你，保护好使者。"

话音刚落，岛民中立刻传出了哀哭声。阿多鲁像是谆谆教导般地说道："不要哭。我也和你们一样痛心，但事已至此，谁也没有办法。大家就认命吧。凡是将成为纳由古路莱塔之眼的孩子献出来的人家，都是被海母神选中的光荣子民，都能够获得桑加国王的赏赐，足够一生衣食无忧。"

女孩的母亲号啕大哭。岛民们围住悲伤的母亲，搀扶着她小声安慰。这时侍女们走过来，小心翼翼地拉起女孩的手，领着她去最高级

别的客房。

"艾夏娜！艾夏娜！"

母亲拼尽全身力气呼唤着女儿，女儿却头也不回，任凭侍女们带走，消失在去往客房的走廊尽头。

夜深人静时分，负责看守纳由古路莱塔之眼的士兵们似乎听到了一种不知从哪里传来的声音，那声音单调细小，像是什么东西在风中摇晃着撞击墙壁。士兵们听着听着，不知不觉就被睡魔征服，无法抗拒地打起了瞌睡。客房里的侍女同样被这种声音拖入了梦乡。

他们就这样一直睡到了天明，没有人察觉曾有一个黑影闪入客房，不一会儿又从客房中溜了出去。

2 拉夏洛人

家船突然歪向左边，迷迷糊糊的司丽娜不由得睁开了眼睛。她发现爸爸跨过正在熟睡的弟弟来到了自己身边。

"那是什么声音？"

司丽娜小声地问，这反而让父亲吓了一跳，他回头对她说："怎么，你醒了啊？"

今天是圣塔来鱼丰收的日子，卡鲁修岛上的人都在举行庆祝宴会。家船停靠的西边海湾可以听见岛上村民们的欢声笑语。可是这欢声笑语不知何时被一种令人不安的喧闹和哭声所替代。爸爸想去看个究竟。

司丽娜他们并不是岛上的人。他们是在船上出生，在船上度过一生，最终在船上去世的拉夏洛人，是漂浮在海上的民族。

在岛上的人们看来，拉夏洛人是无根的民族，是比他们身份低的阶层。的确，拉夏洛人除了自己的家船以外，并没有特定的故乡。岛主也不会保护他们的商业权，他们要卖的东西，必须比岛上的价格低，而且就算给人打工，也只能拿最低的工钱。

可是，拉夏洛人并不认为自己的生活有多么悲惨。他们不必像岛上的人一样缴税，要是跟谁处得不好了也不必忍耐，只要拉起帆带着一家人回到大海就可以了。这种生活多么自由自在啊！

拉夏洛人内心认为自己才是真正的海之民——托阿拉·雅鲁塔西·那。那些住在岛上的人，哪怕是熟悉大海的男人，即使是海之兄弟雅鲁塔西·修里，也不过是依附岛屿生活的人罢了。就算他们的航海技术再高超，那也只能在几个岛之间航行而已。他们只了解那些岛屿之间的几个海域，这与拉夏洛人相去甚远。拉夏洛人熟悉大海的每个细节。他们知道大海的许多不可思议之事，那些是岛上的人根本不可能想到的。这让拉夏洛人无比自豪。

拉夏洛人并不总是漂在海上，大多数拉夏洛人会选择一个自己喜欢的岛屿，在那个岛的周围度过一年中多半的时间。司丽娜一家跟卡鲁修岛的人关系不错，一年中多半时间都把船停靠这个岛上，和岛上的人一起打鱼生活。半年前，司丽娜的母亲去世后，一家人也没有改变这个习惯。

家里还有司丽娜的爸爸、十岁的弟弟拉阿西和一个刚满两岁的妹妹拉洽。司丽娜一家四口漂在海上生活的时候，还是有些孤单。像现在这样在岛边生活的时候，司丽娜就尽量加入岛上的女孩中，和她们一起玩耍。

司丽娜是在家船停靠在这个岛上的时候出生的，因此岛上的人对司丽娜都很好，今天还分了三条圣塔来鱼给他们一家，邀请他们参加岛上的庆祝宴。不过他们还是没好意思去。

尽管宴会欢快的歌声随着风传到耳中，司丽娜仍不想参加。舒坦地躺在有着自己气味的床上，听着那断断续续的歌声才自由呢。

可没想到歌声突然中断，变成了哭声。风中那口哨一般尖锐的哭声让司丽娜焦躁起来。爸爸小声嘱咐司丽娜不要把弟弟和妹妹吵醒。

"等天一亮，我们就出发……海底歌唱之子席格鲁·那索伊·拉竟然出现了！"

桑加人把这样的人称作纳由古路莱塔之眼，而拉夏洛人却不认为这种奇怪的现象是由于纳由古路莱塔钻进了孩子的身体。他们认为，是海中另一个世界的东西吸走了孩子的魂魄。

当人世间举办庆典的时候，海里的居民们有时也会举办庆典。每当这时，有的孩子会被海底的歌声吸引，不由自主地灵魂出窍，进入海底。他们会忘记时间，跟着一起歌唱。拉夏洛人把这样的孩子称为海底歌唱之子。

"我们赶快出发，到沙拉洛海潮和诺古拉海潮的交汇处去！啊，感谢大海母亲。我们多么幸运！今天待在卡鲁修岛真是走运。等到其他拉夏洛人得到消息的时候，我们已经在数钱了。过去的路上我们还得告诉纳秀岛的兄弟们。"父亲的声音很是兴奋。

拉夏洛人中流传着很多秘密的传说。海底歌唱之子便是其中的一个。据说当海底歌唱之子出现时，在沙拉洛海潮和诺古拉海潮的交汇处会出现大群的夹钩鱼。

夹钩鱼比圣塔来鱼还要美味，而且夹钩鱼的鱼刺在暗处会发光，可以用来做晚上钓鱼用的鱼引子，价格不菲。如果能捕到大量的夹钩鱼，就等于大笔财富到手。司丽娜听爸爸一说，脸上也露出开心的笑容。但她突然想到了什么，问道："爸爸，谁变成了海底歌唱之子？"

看到爸爸不吭声，她有一种不祥的预感。

"……是艾夏娜。可怜的孩子。"

司丽娜大吃一惊。艾夏娜？！那个乖巧可爱的艾夏娜……就像自己的小妹妹一般的艾夏娜……想到艾夏娜的命运，司丽娜刚才开心的心情已经完全不见了。

家船从卡鲁修岛出发三天了，旅途一帆风顺。

"能看到海潮吗？仔细看着啊，应该能看出海潮的！"

司丽娜听到爸爸在船头说。爸爸坐在船头，熟练地迎着风拉动船帆。他一边用手遮挡阳光，一边眯着眼睛教十岁的拉阿西看海潮，晒得黑黑的脸上现出一道道皱纹。

"你看，这颜色是不一样的。是不是要看颜色啊？"

"对，颜色是不一样。但是也不能光看颜色……"

司丽娜一边有一搭没一搭地听着两人的对话，一边往脸上涂抹从海藻中揉挤出的防晒水。海水的颜色很深，这说明他们处在离任何岛屿都十分遥远的外海区域。

但是他们一点也不觉得危险。因为右手方向有两条船，左手方向还有两条船跟着他们，那是叔叔们的家船。有叔叔们在，就不用担心任何岛上的海盗。

沙拉洛海潮和诺古拉海潮的交汇处就快到了，海风继续这样吹下去的话，傍晚应该就能到达。妹妹拉洽一直香甜地睡着，两只小胳膊还抱在一块儿。家船和旁边的船连接在一起，使得船航行起来更加稳当。但即便如此，外海风高浪急，跟平静如镜的内海完全不同，家船还是像一片树叶一样在大海里飘摇。拉洽和拉阿西也因为晕船受了不少罪。不过似乎他们已经习惯了外海的航行，两个人都忘记了晕船的难受，和平时没什么区别了。

司丽娜身子靠着船舷，就在她把头伸出海面的时候，突然像是被什么东西扎到一样。她脸色一变，盯着海面，但海上似乎没有什么异样，只有一阵阵的柔风吹拂着脸庞。

那风就像是在海上生出的小婴儿一样，吹在脸上感觉十分柔软。

而且似乎还有一些声音。不是波涛声，也不是船与浪的摩擦声。那是一种夹杂在温柔海风里的奇妙的细语声……

莫非是海底歌唱之子的歌声？

司丽娜感到后背泛起一阵寒意，赶紧远离了船舷。

爸爸满意地说："这风真不错，一直推着我们往前走啊！"

"爸爸！"

爸爸回头看向司丽娜。她拼命让自己镇定，用颤抖的声音说："爸爸，有没有从海底吹来的风？"

"什么？你问的这是什么问题啊？"

司丽娜告诉爸爸自己刚才的奇妙感受。爸爸听了她的一番话，也把脸探向海面，仔细地听了一会儿，然后摇头说："我什么也没听见。没觉得有什么风啊、婴儿啊。"

爸爸微微笑着望着司丽娜说："你啊，肯定是跟你妈妈一样。因为你妈妈是萨朗，是解读风的人。她常常在起风之前告诉我风向，比如说一会儿有风要从南边过来之类的。"

的确，妈妈经常说这样的话。回忆起那个温柔的声音，司丽娜内心的不安与恐惧似乎缓解了许多。

"对了，以前听谁说过，有的人还把海底歌唱之子叫作风之子。就像圣塔来鱼也叫作唤风鱼，夹钩鱼也叫作风引鱼一样。如果有人变成海底歌唱之子，那么大量的夹钩鱼就会出现，那是因为那个孩子变成了风，把鱼给引来了。"

"那，这风就是艾夏娜？"

"有可能啊。这个可怜的孩子，要真是她变成了风，能在身体被扔进大海之前回到自己的身体里去就好了……对啊，你妈妈也特别喜欢艾夏娜。那时候还总让她上咱们家的船上来吃饭呢。"

想到这里，司丽娜眼前浮现出母亲的样子。她好想再见到妈妈，胸口不由得痛起来。不知不觉中，她的心里涌起一股要好好爱爸爸、弟弟和妹妹的冲动，希望今后一家人也能永远这样幸福地在一起生活。她在心中默默祈祷。

傍晚时分，当西边形成一片火烧云的时候，他们到了目的地——寒流沙拉洛与暖流诺古拉的交汇处。

一瞬间，司丽娜看到一大群海鸟像打着旋的乌云一般在海天之间不断地上下翻飞。爸爸和拉阿西欢呼起来，很快司丽娜也看到了他们俩看到的景象——大海里像是有几条河流在流动一般，那是背上闪着银光的夹钩鱼鱼群。那真是巨大的鱼群，沿着诺古拉潮游动，在海潮中心形成了一个巨大的旋涡。

司丽娜的头发被风吹得几乎要竖起来了。那不是吹动船帆的风，而是从海的中心吹出来的风，是带着奇妙的歌声的风——这肯定是纳由古路吹来的风。风中夹杂的歌声清晰地印在司丽娜心底，无论是海鸟嘈杂的叫声还是爸爸和叔叔们的欢呼声都无法掩盖。

不久，司丽娜注意到一件事。在这奇妙的风之后，又吹来一阵真实的风。就好像纳由古来的风和海的风在互相追赶，一唱一和。

"爸爸，要吹东南风了。"司丽娜话音刚落，东南风几乎同时刮了起来。爸爸赶紧调整船帆的方向，然后他扬起眉毛，冲司丽娜笑了起来。

叔叔们的船上也传来了欢呼声。要不要在几艘船之间张起网然后把鱼一网打尽呢？不行。这么大群的鱼，张网打捞太危险了，也许网和船反而会被鱼群带进海里呢。爸爸和叔叔们兴奋地商量着打捞办法。

最后，他们还是决定采用渔网和鱼叉这两种工具并用的办法。叔叔们开始合力打捞夹钩鱼。银色的夹钩鱼被捞上来扔到船底部，拉阿西兴奋地用棍子捶打那些蹦蹦跳跳的鱼，被打中头的鱼就不再跳了。

司丽娜也和堂姐妹们一起帮助大人们从渔网里捞鱼，然后把鱼扔进船里。

等到太阳完全下山的时候，所有的船都已经被夹钩鱼塞得满满的。

"我们在哪里睡觉啊？"拉阿西呆呆地望着脚下问道。

爸爸看着把人的脚踝都几乎盖住的夹钩鱼，松了一口气似的说："鱼太多了。"

第二天一整天都是在收拾鱼和晒鱼。司丽娜一直埋头重复同样的工作——用海水洗净夹钩鱼的骨头，然后将其小心地用绳子穿起来，以防鱼刺扎到手。

干活累了的时候，她就拿起一块切好的新鲜夹钩鱼肉在海水里洗一下，再放进嘴里。海水的咸味配上夹钩鱼肉的甜味，那绝妙的美味顿时在口中四散开来。

"啊啊，夹钩鱼可真好吃啊！"

心满意足的叔叔们准备满载着夹钩鱼到离这里最近的拉斯岛的鱼市去。这些夹钩鱼肯定能卖很多钱。

"这些夹钩鱼至少能卖五千加币。我们能买一条新船啦！"爸爸高兴地说。从这里到拉斯岛，风向好的话大概需要两天时间。要是吹北风的话，就得逆风前进。等抵达拉斯岛港口的时候，夹钩鱼也正好晒干了。

意外就在某个无人岛的拐弯处发生了。

黄昏已至，岛屿的影子已经成为青色。撒果叔叔的船和其他叔叔的船走在司丽娜家的船的前方，距离较远。远远地能看到撒果叔叔熟练地调整帆的方向，使船转弯。

撒果叔叔的船正要转到岛屿附近礁石的另一侧时，突然传来一阵喊叫声。司丽娜看到站在船舷上的撒果叔叔身子向后一仰，掉进了海里，随之飞溅起浪花。司丽娜他们不知道到底发生了什么事情，从船边探出身子去看。

刚才撒果叔叔掉下海时，肩膀那里好像闪过一丝光亮，司丽娜寻思着是不是自己看错了。就在这时，她看到岛屿的礁石后边慢悠悠地出现一个巨大的红色的头，上面还有金色的眼睛。

那个头的主人很快就驶到了礁石的前面。

那是一个红色和金色组成的巨大船头——一艘桑加的商船。虽然不是大型船，但也有拉夏洛人家船的十倍大。

船头站着一排士兵。在黄昏中，看不清士兵们的样子，只能看到黑黑的影子。他们手中的弓箭反射着落日最后的余晖，闪闪发光。

唰唰唰的破空之声传来，叔叔们发出了哀号。

桑加的士兵居然在攻击我们！到底是为什么？

"快跳到海里！"爸爸吼道。

司丽娜全身僵直地望着爸爸。爸爸把抱住自己大腿的拉阿西的手臂扯开，把他举起来扔进大海。然后到司丽娜身边接过妹妹拉洽，照着司丽娜的脸就是一巴掌。

"发什么呆啊！跳海！"怀抱婴儿的爸爸怒目圆睁。

咔的一声——是箭！咔，咔，咔，箭矢不断插入船身。

"快跑！别管我们。你快逃！"

商船越来越近，箭像雨点一般射来，爸爸和司丽娜赶紧抱头蹲下。爸爸发出低低的呻吟，司丽娜抬头一看，爸爸的肩头插着一支箭。司丽娜颤抖着抱住爸爸，想把箭拔出来。可是爸爸却推开司丽

虚空旅人

娜。拉洽像被火烫着了一样哭了起来。

"快跳！跳到海里去。钻入海底，游到岛上。你能行的！"

司丽娜抽泣着站起身来，脚蹬船身朝空中一跃。

冰冷的海水打着脸颊，司丽娜没有潜水，而是把头探出海面，想游到在海里抓着船的弟弟那里去。可是她马上就听到了爸爸的怒吼："别管我们！自己逃命！"

这时又传来一阵唰唰声，恐怖的箭如雨点般袭来。司丽娜深吸了一口气，脚蹬海水，游向黑暗的海底。

司丽娜总算没有被箭伤到。但不管她多么擅长潜水，也不可能一直潜水游到岛上去。但只要她的头探出海面就会遭到箭雨的袭击。要想躲开那条船上弓箭手的视线，就必须游到他们意想不到的远处去，才能再次浮上来换气。

这时司丽娜想到了搭潮，也就是借助从海边到海洋深处流动的激流，去往一般人意想不到的深海。有很多人不小心被这股激流冲走，被带到离海岸遥远的深海溺水而死，所以孩子们都很害怕这种激流，总是躲得远远的。此时，司丽娜却想冒险让这股激流把自己带到远处去。

离岛岸越远越好，反正从这里到岛上也很远。通常遇到这种情况，跳海的人会拼命朝岛屿游。士兵们肯定也会这样猜测。

司丽娜潜在海里，一边用全身感受海流的方向，一边开始游动。游了一会儿，她感受到一股推动力，便把自己彻底交给那股力量，顺流而去。

这真是在拿自己的性命做赌注。士兵们一直监视着家船与岛屿之间的海域，完全没有发现司丽娜从遥远的海面上露出头来。

　　司丽娜漂浮在黑暗的海面上，看到大船和五条家船首尾相连开始移动。从这里看不到留在家船上的爸爸是否还活着。目送船拐过礁石，司丽娜抽泣着，缓缓地朝无人岛游去。

第 一 章

海之都

司丽娜这样想过好几次。那时候要是彻底崩溃大哭起来，他也许就会放弃，也许就会明白让一个这么小的女孩去完成他的计划是不可能的，也许就会带自己去找爸爸。自己当时为什么没有那么做？为什么？那样哭出来就好了。后悔的念头一直盘踞在司丽娜内心，折磨着她。

1 望光之丘

先是一阵风，随后是一片白色的光。不知谁掀起了牛车窗帘的下角。

"小人惶恐，禀告太子殿下，望光之丘到了。"

随从的声音有些颤抖。他垂着眼睛不敢往这边看，所以声音也更加难以听清。

外边传来啪的一声，像是抖开了一块大布。原来是随从在地面上铺开地毯，以供御足踩踏而发出的声音。

查格姆在牛车狭小的空间里略微调整了一下有些僵麻的身体，然后慢慢地从牛车里下来。普通人要是因为腿麻一瘸一拐地下车，只会让人觉得朴实可爱，但新约格王国的太子瘸着腿下车，就会被视作不祥之兆。

查格姆站直身子的一瞬间，差点儿控制不住地发出感叹。

他看到骄阳之下无限延展的碧蓝色的大海，还有……

"这就是望光之都啊！"

查格姆的感慨发自内心，不由得自言自语。

桑加王国的首都望光之都被称为珊瑚之都，亦称海上的宝石。眼见为实，这美景的确用千言万语也不足以形容。

从这个山坡往下看，就能明白为什么说这个都城像珊瑚一样了。望光之都十分辽阔，蔓延伸展，包裹着罗果河的河口。

王宫建在伸入海面的巨大礁岩之上，可以俯瞰整个都城。礁岩从上往下有着像珊瑚一样复杂的分叉，一直延伸到海里。

这块巨大的礁石不知由何种材质构成。这里的土是白色的，还带着淡淡的桃粉色。建在这上面的房屋也都是贝壳一样的白色。

最引人注目的是桑加的王宫，那是模仿螺壳设计建造的巨大王宫，四周有四座尖塔。王宫的墙壁都贴着著名的桑加贝陶板，反射出柔和的光芒，王宫本身也是光芒四射。

王宫和房屋在碧蓝的大海中闪耀。还有那淡粉色的礁崖……这正是漂在海上的珊瑚之都啊！

查格姆感到背后好像站着一个人。

"多美啊！修加！"

查格姆嘴里赞叹着，并没有回头。而背后的那个人点点头。

"的确美啊！"

修加眯起眼睛，抬头望天。

"这里还是观天的好地方啊。多么惬意的海风！"查格姆回头对修加这位军师兼老师，同时是年轻的观星博士微笑着说道，"你是渔夫的儿子，看到大海很思念故乡吧？"

修加也笑了。他的五官像雕塑一般端正，但一笑起来，整个表情都柔和起来。

"是的。不过,海的颜色还是不太一样。您看那边。那边都城一带的礁岩像一张弓,东西全是白色的沙滩,而且海岸附近的海水特别清澈,呈淡绿色。我们家乡的海岸,沙子都是灰色的,而且海水的颜色也不一样。"

查格姆顺着他手指的方向望去。他确实是第一次看到这么清澈碧绿的海。

查格姆眯起眼睛,一边享受着明媚的阳光一边说:"还有这阳光。我们国家无论是海的颜色还是天空的颜色都和这里不一样,即便是相邻的国家都这么不一样,真是没想到。世界太大了!"

"您圣明。"

"要说大,这桑加王国真是个国土宽广的国家,从我们过境以后到今天,已经走了十二天了。我以前以为桑加只是海运和海产品出名,没想到农田也很肥沃。"

修加会心地笑了。他和太子已经一起学习了三年。每当十四岁的太子表现出敏锐的洞察力时,他都会无比高兴。

我一定要保护太子稳稳地登上王位,绝不能有闪失。

去年国王的三王妃生了一个可爱的王子。

查格姆太子本来是国王唯一的儿子。

小王子诞生以后,查格姆就变成了"万一发生不测下面还有一个"的王子了。

国王是一个亲情淡漠的人。他若是认定"此人无帝才",会不惜

虚空旅人

废黜太子。

前太子被废之时，表面上看像是病死或是遭遇意外……其实是遭到了暗杀。总之，修加了解王室不为人知的手段和内幕，查格姆也很清楚这一点。

以前，查格姆有过一段经历，那是精灵的卵寄居在他身上的奇妙体验。国王知道他身上寄居着异世界的精灵这件事以后，认为应当保护神圣王室的威信，竟然当即下决心除掉自己的亲生儿子。

当时年仅十一岁的查格姆之所以能够在国王派来的刺客手下逃生，并且逃脱来自异世界意在追讨精灵之卵的魔鬼之手，全靠一个叫作巴尔萨的女保镖保护。巴尔萨和她的好友药草师唐达，以及唐达的咒术老师特洛盖伊一起救了他。

而那时修加原本是国王派来刺杀查格姆的人，却出于一些原因变成了保护他的人。

虽说国王是查格姆的生父，但假若没有发生长子萨格姆突然病逝的悲剧，那么查格姆最终还是会被暗杀的吧。

国王失去了长子，才决定让查格姆当太子。

也不能怪国王过于冷酷，只是国王的生活与享受天伦之乐的生活有着完全不同的重点，国王不得不为社稷考虑。

修加曾经对查格姆上奏说，国王是神的子孙，是最圣洁的灵魂，被最圣洁的丝绵所包围，不能沾染一丝下层百姓的污秽。作为未来的王位继承人，原本应该一出生就被保护在深宫里，在几乎不与人接触的环境下接受教育。在这种环境下成长起来的国王的决断，岂是一般老百姓能理解的。

可是查格姆太子却因为命运的捉弄，从深宫流落到了民间，落入了繁杂喧闹的市井。查格姆那时遇到了给予他厚爱和信任的人们，这些经历彻底改变了他。他表面上睿智优雅，但内心有着火焰一般的热情。这样的他与性格如同深山泉水一般的当今国王怎么可能心意相通？

从这次国王派他来桑加旅行也可以看出他们的父子之情多么淡薄。国王只给他派了一个军师修加，剩下的就只有护卫和侍从了。

虽然说这次旅行确实不涉及什么交涉谈判，只是参加庆典表示祝贺就可以了，但是太子毕竟没有一点儿外交经验，国王连一个外交经验丰富的文官也不派，就让他出访外国，这也太冷漠了。想到这儿，连修加都觉得后背发凉。

日落时分应该可以到达桑加王国的都城了吧。那时等待着太子的将是一场考验。

桑加王国位于新约格王国的西南，是拥有辽阔海域的邻国。正如刚才查格姆所说，这是一个贸易和渔业非常发达的国家。

两国从未交过战。新约格王国因为厌恶战争，多年前由国王带领从南部大陆逃离的民众来到这片新天地安家。而对于桑加王国来说，与其参与战争消耗国力，不如与自己背后的邻国结成同盟，这样对自己更为有利。就这样新约格王国与桑加王国开始进行贸易来往，和平共处。

今年年初，桑加王国送来了参加新王即位大典的邀请。桑加王国有一个传统，那就是当现任国王的长子生了第二个男孩的时候，国王就要把王位让给长子。自从去年年底收到了卡鲁南王子喜得二公子的消息后，人们就已经想到新年会举行让位大典了。

查格姆的父亲即位的时候也举办了隆重的即位仪式，当时桑加国王亲自来参加了仪式，并且带来了镶嵌珊瑚和珍珠的宝物箱这样珍贵的礼物，还亲自致了祝词。按说这次桑加王国的新王即位，新约格王国也应当以同样的礼节回访。

但是，国王在新约格王国被视作国家的灵魂，不可以离开自己的国土。因此，国王派太子查格姆代替他参加这次的新王即位大典。

查格姆知道这件事以后偷偷地欢呼雀跃。能够离开这个令人窒息的王宫去别的国家旅行，哪怕只是一小会儿也好。尽管要参加的是一个约束甚多的典礼，但是哪怕只有片刻能逃离深宫生活，也是求之不得的。

"要是每隔半年就有一个国家有新王即位就好了。"查格姆曾经因为这番话而被修加教训了一顿。

"殿下，想必您也知道，桑加王室是靠海运起家的。商人本性精明，桑加国王之所以亲临本国国王的即位大典，也是为了观察国王的为人，看看是应与我国结盟，还是应先发制人一举占领。桑加王室虽是商人出身，但还主动围剿周围群岛的海盗，把他们纳入自己的管辖范围，因此他们不仅是商人，还流着狂野的武士热血。殿下您是代表我国参加这次大典，这一点望您铭记。"

查格姆听了用鼻子哼了一声。

"就是说，别让他们看不起呗！"

修加微微瞪了一眼故意用浅白的语言回答的太子，说："正是此意。"

"我懂了。好复杂啊！不用你说，我们新约格王室出身神圣，我们不能让别人觉得我们有血污的气味，必须高洁、端庄，但同时又要威慑对方，让别人感觉到我们是一把有着锋利刀刃的宝剑藏在美丽的剑鞘之中。"

修加看着样子有些不正经的查格姆，对他皱了皱眉。

就这样过了一个月。光是准备这次旅行就花了半个月。出发后又花了二十二天才到达目的地。这趟旅程还有一小会儿就要大功告成了。

"修加，你看，那里有很多帆船！"

只见碧蓝的大海中几十艘帆船朝着桑加都城靠近，帆船的船尾在蓝色的海面画出几十道白色的航路。帆船的帆五颜六色，看起来就像是撒在海面的彩色碎纸片一般。

"这些都是桑加王国的船吗？有没有同盟国的船？"

耳边海浪轰鸣，划过天空的海鸟发出尖锐的叫声。

一股潮湿的海风拍在查格姆的脸上。就在那一瞬间，查格姆像被什么东西刺到一般，他清楚地感觉到自己此刻身在异国。

碧蓝的大海一望无际。在这片桑加语称为雅鲁塔西海的南边有一方辽阔的大陆，那里有几个国力强盛、武力强大的国家重复着以血洗血的战争。

二百五十年前,查格姆的祖先——圣祖特尔盖尔国王抛弃了战火不断的南国故乡约格王国,带着约格人越过雅鲁塔西海建立了新的王国。

现在自己眼前的正是这片海。查格姆心中莫名地感慨。

"殿下,请移步吧。"

听到修加的呼唤,查格姆点头,转身将这片蓝得令自己眼睛发痛的大海留在了身后。

2 比武祝贺

"喂!这是旧拳带!上面还带着血呢!怎么能戴这种东西参加比武祝贺大典啊!"

塔鲁桑王子一边把拳带扔到侍从的身上,一边怒斥道。拳带啪的一声打在年轻随从的身上,随从赶紧离开房间,去武具间寻找新拳带。

从塔鲁桑王子的个头和魁梧的身形,根本看不出来他只有十四岁。他胸前的皮肤晒得黝黑,另一个随从正在给他佩戴用金线缝制的精美的挡胸衣,一个苗条的女孩正抱肘在一旁看着。

"塔鲁桑，深呼吸！你难道打算摆出一张饥饿鲨鱼一样的脸去参加比武贺典吗？"

塔鲁桑听到这个话音带笑的温柔声音，低头看了看他的姐姐说："我可不像那些国家的窝囊废。要当窝囊废的话，我宁可当饥饿鲨鱼！"

萨鲁娜苦笑。

"真拿你没办法，王兄可不是看扁你才那么说的哟！"

"那他那么说是什么意思？"

昨天傍晚迎接新约格王国的查格姆太子到宫殿，后来又按照国宾之礼送到别馆以后，王兄卡鲁南王子说的话使塔鲁桑大受打击。

卡鲁南回头哀叹说："这位太子的言谈举止真有风范，应对自如，滴水不漏，真看不出他才十四岁。我的天哪，像我们这种海盗出身的王室根本不可能有那种气质。你们哪像珍珠，还不如说更像粗糙的鱼叉。率直有男人气概固然好，可是作为王室男儿必须得像那位太子那样学会将自己藏在贝壳之中。我的即位典礼上你们可千万不要让别国的来宾以为你是没有风度的王子。"

"我如此没风度给王兄丢脸了，反正我是在卡鲁修岛上长大的……他有本事也到桑加王室的故乡住一住去啊！那就知道我们为王的骨气是从哪儿来的了。

"我们可不是靠什么风度而让万民臣服的。人民臣服我们是因为我们在这雅鲁塔西海上比任何一个同盟兄弟国家都强大，能够养得起人民，有能力保护人民！谁要让我像有风度的珍珠一样，我宁愿成为一支粗糙的鱼叉划过空中！"

塔鲁桑一口气说到这里，盯着姐姐问："我说得对吧，王姐？"

萨鲁娜走近弟弟，轻轻拍打着他紧握的拳头说："我也喜欢粗糙的鱼叉，你也没必要成为珍珠。继承王位的长子在宫殿中成长，统率大军的次子在卡鲁修岛上成为一名威武的大海男儿，这是桑加王室的理想，在你身上得到了体现。不过，王兄说的我也能够理解。"

萨鲁娜停了一会儿，似乎是在思考最恰当的话语。

"……王兄的意思是，你太过于外露。王室之人除了力量以外，还需要一样东西，那就是像迷雾一样的神秘感，这种神秘感才能将王室与庶民不同的地位区分出来。

"那个查格姆太子谒见的时候，我也和王兄有同样的感觉。听说在新约格王国，要是王室之人看了平民一眼，那个平民就会感觉像被雷劈了一样。那个太子的眼睛的确有一种超越了权力的气场，就像有一层迷雾笼罩着他，深不见底。这可是一个人的厉害之处。对不对？"

塔鲁桑紧紧皱眉看着姐姐。

"毫无掩饰的人的确能得到人们的信任，人们会喜欢你，也会仰仗你，但是不会怕你。"

"王姐的意思我不懂。我觉得你说的话才像是迷雾。我也不想当一个让人害怕的神秘人。我就是我，怕这个真正的我就行了。"

萨鲁娜笑了。她打心眼儿里喜欢这个率真的弟弟：个性刚烈，有些孩子气，却绝不愚钝。总有一天，他会明白这些话的意思吧。

刚才的侍从匆匆忙忙地跑了回来，把崭新的拳带递给塔鲁桑。塔鲁桑正要动手缠上，萨鲁娜扶住他的手阻止了他。然后她像抽响鞭一样，将拳带啪的一声甩到空中，再细心地给弟弟缠在拳头上。

"但愿所有看见这个拳头的人都怕你。"

塔鲁桑看着姐姐调皮的笑容，感到刚才一直在胸中燃烧着的怒火慢慢平息了。

贤惠的姐姐萨鲁娜。她有着金黄色的皮肤和一双大大的、轮廓清晰的棕色眼睛。脸庞让她显得略微有些精明，而她丰富而开朗的面部表情又将这一点弱化掉了。有很多人都梦想娶姐姐为妻，可是要娶桑加王室的女人为妻，需要付出相当大的代价。

如果说王室的男人是带领国家前进强有力的手臂，那么王室的女人则是引领国家朝正确方向前进的精神支柱。雅鲁塔西海海域群岛上的女人原本就是兜售男人捕来的鱼的商人，一个聪明的妻子可是无可代替的宝贝。

桑加王国是海洋国家，支配着大大小小几百个岛屿。

以前在这片海域并没有大的王国，桑加王国的建立者们只是为了抵抗从别的岛屿来掠夺的海盗而与邻近的岛屿结盟。男人们到了该娶妻的年纪，就组成战士团在岛上守护岛屿；捕鱼淡季时，他们则变成海盗去掠夺其他海域。

当手下的劳动力不足时，他们还会去其他岛屿和大陆——他们蔑视的拉秀塔西大陆——抓奴隶回来。

桑加王国建立以后，法律规定禁止抓奴隶，但仍然有走私奴隶的贸易存在。

海盗们就这样互相掠夺，结果战士团逐渐控制了越来越多的岛屿，成为一个小王国。不过即便成为国家，这个小国也不像新约格王国那样尊国王为神的子孙，而是心甘情愿地在一群武力强大的男人的保护下过安生的日子。交通领域也随之扩大，这对自己也有好处。

桑加王室的祖先就是以这样的战士团发家的。当然，战士团在别的岛上的人眼里其实就是海盗。他们靠着比其他战士团更强有力的男人和更精明的女人崭露头角，击败或制伏其他战士团，建立起支配广阔海域的国家。

不过，尽管这个国家已经有了一百二十多年的历史，但是人民还保留着渔民的习俗。海域不同语言也不一样，至今没有统一的语言，仍有很多人到现在还是说不了几句共同语——桑加语。

被桑加王国吞并的十二个小国里，虽然国王们已成为桑加的地方领主，却仍沿用旧称——岛主，他们手下的战士团被称为雅鲁塔西·修里，也就是海之兄弟，彼此维系。而且这十二位岛主仍然可以在自己的领地招兵征税。桑加王室则让这十二位岛主向自己纳税、交兵，以此构成王国稳固的根基。这十二位岛主的孩子降生后被送到王都接受教育，世代成为王国军队的一员，从他们当中选出最有资格的人担任统领王国大军的将军。这些将军听命于桑加国王的亲弟弟，也就是王国的大将军，岛主也必须听命于大将军。

随着桑加王国的壮大，岛主们不用再担心他国的侵略和海盗的袭击，与他国的交易范围也越来越大。

岛主们凭借自己的才智成为富裕的商人，然后再根据财富上缴相应的部分给王室，王室也能过上富裕无忧的生活。

但是他们当中也有一些人厌恶桑加王室的统治，甚至不惜舍弃故乡远离王国，到其他岛去。还有像拉夏洛人那样生活在船上的民族，一生在岛屿与岛屿之间奔波，最后在船上结束自己的一生。他们不必缴税，即使生了三个男孩，也无须把一个孩子送给王室、另一个孩子送给岛主使唤。桑加王室对这样的人既不视作臣民给予保护，也不处罚。王室靠着这样宽松的统治方式，以及因此获得的利益和王室之间的人际关系，维系着这个国家。

而维系岛主与王室关系更为重要的手段，则是通过结婚，与有着王室血统的女人联姻。

岛主们尽管时时受到王室监视，却并没有反抗，这是因为他们托妻子的福，得到了许多小岛主得不到的利益和名誉。

岛主们都十分惧内。因为决定王国里谁担任地方岛主的权限，全捏在这些有着王室血统的女人手中。

如果妻子认为自己的丈夫不适合继续担任岛主，那么可以在王宫召开一个叫作女人议会的集会。这个集会由桑加王室的女人们组成，如果岛主妻子的提议得到议会的支持，那么她就可以跟自己的丈夫离婚，选出一位更有能力的男人成为新的岛主。

当需要有人接替旧岛主的时候，王宫也会举行女人议会，从众多有着王室血统的女人中挑选一位最忠心、最有智慧的女人，把大权交给她，由她选择一位丈夫成为新的岛主。

可以说，有着王室血统的女人是国家的心脏。因此，所有王室的女孩打从一出生都会接受彻底的教育。不仅是王的女儿，岛主和其姑表亲的女儿到了四岁都会被送到王宫里，能够在故乡岛上与双亲团聚的日子只占一年的三分之一。等她们长到十二岁，就要在桑加王国统治的领土上巡视，学习每个岛的各种知识。经过这样的培养，她们和其他国家在深闺长大的公主们完全不同。

现在桑加国王有两个王子和三个公主。长子卡鲁南和长女卡丽娜、二女儿洛库萨娜都已经结婚，还没结婚的女孩就只有萨鲁娜了。

塔鲁桑一边系着腰间的装饰物一边说："王姐，你知道我为什么听了王兄的话就气不打一处来吗？怎么说呢，那个查格姆太子是我最不想成为的那种王子！我们从小受的教育都是靠自己立足，对吧？不要认为王国是保护自己的盾牌，自己才是保护王国的盾牌。我正是为了让自己成为保护王国的盾牌才刻苦锻炼、强大自己的。要是在王国保护之下，深宫之内，当然可以悠然地陶冶心性，成为白珍珠一般的人。但是当国家遇到危机时，那种人能够成为国家的盾牌吗？那个太子，身份低微的人都不敢看他，除了跟我们行礼讲话以外一直用薄纱挡着脸。他看自己的臣民也都是隔着一块薄纱看的！"

想到查格姆太子的那张小白脸，他就忍不住怒火中烧。

"你看他还让牛拉车，也不知怎么想的。是牛啊！让四匹马拉车走得还快点儿。和培养那种王子的国家结盟对我们到底有什么好处啊？"

他一股脑儿地把怨言都发泄了出来。这时，周围突然嘈杂起来。是准备参加比武的士兵们换好了衣服，到外间来迎接他了。

塔鲁桑一走进外间，士兵们脸上立刻浮现喜悦之情并一齐向他行礼。士兵们都十分魁梧，皮肤黝黑，他们是从王国军中选出来的拳斗士。

他们各自所属的部队虽然不同，但是他们都在一起练习拳术，跟塔鲁桑王子很熟络。塔鲁桑王子在这些人中是年龄最小的，但无论是体格还是技术都跟其他人不分上下。所以，直属于塔鲁桑的士兵们就不用说了，就连其他部队的士兵都对他十分尊重和服从。

这些人中有一个年长一些的士兵，他仔细地看着身穿比武装的塔鲁桑说："殿下英姿飒爽，真的很像约南殿下。"

他这么一说，大家都沉默了。国王有个大将军弟弟约南，他胆识过人、集万人敬爱于一身，却因病突然去世，至今还不到两年。约南膝下无子，士兵们都知道他视塔鲁桑如己出，所以总是会把塔鲁桑看作第二个约南。

塔鲁桑一听这话很高兴，浓眉一挑说："多谢弟兄们夸奖。我可不能光是外形像，我还得跟叔父一样练出厉害的拳术才行啊！"

"殿下表演的拳术肯定会让各国的宾客震惊！我们最知道您的厉害了。"

一个直属于塔鲁桑的年轻士兵笑着补充道："每次练拳都会被殿下您打出瘀血，您看我这胸甲都遮不住呢！"

仔细瞧瞧，确实在他没有胸甲遮挡的肚子周围有一些紫色的瘀

青，塔鲁桑忍不住笑出来说："真不好意思啊。那下次我尽量瞄准，专打你有胸甲的地方。"

他边说边敲了敲那士兵的肩。

"好，我们走吧。让异国宾客看看我们桑加王国的力量！"

"噢。"士兵们一齐应声。塔鲁桑迈开步子，士兵们跟随其后。塔鲁桑边走边用握紧拳带的拳头对撞，发出啪啪的声音。

"也不知那个太子揍过别人或是被人揍过没有。"

"我这个拳头要是打在他那张小白脸上，不知他会露出什么表情。我看他一脸鼻血还能有什么风度？"

塔鲁桑咧开嘴露出笑意。

查格姆端坐在王宫内庭设置的贵宾席上，感到有些汗流浃背。这个国家冬天怎么还这么热呢？他透过眼前的薄纱看着波光粼粼的水面，感觉有些眩晕。

这里跟我们的宫殿完全不同。

想起故乡如同深山一样静谧深沉的宫殿，查格姆从心底发出叹息。

桑加王宫的确是个很有开放感的宫殿，窗户和门的尺寸都很大。不论身在宫殿何处都能感受到海风。白色的墙壁在蓝色的天空和大海的背景下轮廓异常清晰，甚至看久了眼睛都会痛……还有就是花香！面朝内庭的宫殿柱子上缠绕生长着火焰一般鲜红的花朵，散发着一股浓郁的花香包围着整个宫殿。

现在查格姆坐的内庭中央有一个巨大的水池。不，可能不应该称之为水池，因为这水池太大了。映照着蓝色天空的水面也呈现出美丽的蓝色，水上停着十二艘平底船。

"查格姆殿下，请允许我打扰您一下。"

查格姆听到一个女子清亮的声音，便抬起头来。自己右侧的座位是空的，他还想着不知谁会坐这里呢。那个座席的后边立着一个苗条高挑的女子，她身后还有三个侍女。

女子举止优雅地按照桑加的礼节屈单膝行了一礼。她的皮肤被晒得很匀称，一双大眼睛熠熠生光，长长的褐色头发上缠着花枝一般的头带；身穿一身合体的薄料礼服，腰间系着镶满珍珠的腰带，裸露着肩膀。

"在下名叫萨鲁娜。您不远千里来参加王兄的即位大典，在下代表王室衷心感谢。在下照顾不周，但请与您同座。"

查格姆赶紧站起身来，把脸上的薄纱掀开说："桑加王室公主萨鲁娜殿下。您特意相陪，不胜感谢。您请坐。"

萨鲁娜嫣然一笑，坐了下来。顿时一股花香迎面而来。查格姆以前从没和年纪相当的女孩这么近距离地接触过，他内心有些紧张，却掩饰着不让人看出来。

新王即位大典上有很多国家的来宾。贵宾席环绕内庭的水池而设，桑加王室的很多成员也落座其间作陪，他们当中还有一些是岛主的妻子。给查格姆特意安排了一位年纪相仿的女性作陪，此举真让人感动。

"你约格语说得真好！实在令人佩服。"

"谢谢夸奖。因为我们王室的人从小就要学习盟国的语言。"

查格姆微微一笑，然后用流利的桑加语说道："是吗？我也从小就学习桑加的语言，边学边不禁憧憬美丽的南国。"

萨鲁娜扬眉道："我真没想到。我还以为新约格王室不会说约格语以外的语言呢。"

"国王是不说约格语以外的语言的，那是因为国王是国家的灵魂。但是王子们还是会学习别国语言的。语言是灵魂的声音，要了解一个国家必须了解那个国家的语言。桑加语说起来像唱歌一样，是一种美丽的语言。"

萨鲁娜唇边笑意更浓了。

"哪里，像唱歌就夸张了，不过是说话声大罢了。因为要隔着海互相交流。"

萨鲁娜用手一指眼前的水池说："我们把这个叫作鲁诺雅鲁塔西海，意即围在中央的海。即便是在王宫里边也得有一个海，因为对于桑加人来说，大海就像母亲一样。"

正说着，萨鲁娜好像突然想起了什么，忍不住乐起来。

"我弟弟塔鲁桑小时候还曾经跳到这水里跟鱼玩耍呢。"

萨鲁娜回忆着淘气弟弟的表情让查格姆觉得很温馨。他从心里羡慕这样的王族，可以像这样跟别人说起自己的弟弟。在查格姆成长的世界里，凡是跟自己有血缘关系的人，都可能是威胁自己生命的敌人。

"您可能会觉得一个王子怎么能这样玩耍，其实我们桑加王室原本就是非常有血性的民族。您一会儿将要看到的比武祝贺表演也是讲述桑加王族在大海上战斗、统治诸岛的历史，我们把这段历史演绎成了仪式。"

正在这时，一阵奇妙的笛声响起，高低交错地重叠而来。

"请看那边的海之门，桑加的勇士们将要入场。"

皮肤被晒得黝黑、身材魁梧的男人们排成两列步入内庭。每个人的拳头上都缠着皮子做成的拳带，身上只穿着装饰精美的腰布和胸甲。

站在最前边的少年自豪地昂起头，查格姆一看大吃一惊——这不是昨天傍晚跟将要继任国王的卡鲁南王子在一起的王子吗？

"站在前边的不是塔鲁桑王子吗？"

"是的。塔鲁桑的拳法在我国数一数二。"

查格姆又一次感到羡慕。哥哥的即位大典上，身为弟弟可以以王子的身份表演比武祝贺，真是自由啊！

笛声的音调变高了。

"桑加国王塔夫姆鲁与卡鲁南王子驾到！"

萨鲁娜低声祈祷并站起身来。查格姆也站了起来。

王宫北侧的天空之门打开，身躯庞大的桑加国王和新王即位典礼的主角、牵着长子之手的卡鲁南王子，以及怀抱刚刚出生不久的次子的王妃一起出现在大家眼前。

宾客们一齐鼓掌欢迎桑加国王等人。

"来自友国的诸位，欢迎莅临我国参加王位交接大典。从现在起到大典结束，请和我们一起分享这份喜庆。"

桑加国王的声音洪亮，朗朗之声在内庭里回荡。掌声变得更加热烈了。

"首先请欣赏首礼仪式——比武祝贺。表演者是我国水平最高的拳斗士。该仪式略有粗暴之嫌，但求再现桑加所崇尚的海上之勇敢与雄壮。请！"

十二个男人向来宾致一礼，随即分成两列分别站在鲁诺雅鲁塔西海的两侧。

塔鲁桑王子来到查格姆面前深施一礼，查格姆随即还礼。浓眉大眼的塔鲁桑唰的一下转身重新面向水池的方向。

笛声停了。正在这时，只听咚的一声击鼓声。

男人们同时腾空而起。他们的身影在空中划出一条弧线，翻身跳到水池里的船上。平底船受力随之下沉又浮起。男人们的平衡能力惊人，完全没有踉跄，而是稳稳地立在船上。

又是咚的一声击鼓声，男人们再一次腾空而起。在空中交会时戴着拳带的拳头相击发出声响，然后跳落在对方的船上。跳到对方的船上时，有几个人有些踉跄，但无人落水。

随着一声一声的鼓声响起，男人们再次跳上"敌船"，与"敌人"击拳过招之后再落在"敌船"上。

这简直超越了人类平衡能力的极限，让宾客们叹为观止。

查格姆也目不转睛地凝视着比武表演。

看着比武人的动作，他的耳边似乎又响起那个熟悉的声音。

——不要只看一个点，要留心全局。每一个动作都有它的方向，就像流水里的石头可以改变流水的方向一样。留心全局，就可以预知攻击的方向。

巴尔萨……

查格姆强忍住心中涌起的思念之情，不让自己表现出来。他脑海中浮现出了那个救过自己的女保镖的面孔。

查格姆跟巴尔萨学过一种在坎巴王国被叫作奇技的武术。这种实战型武术集攻防于一体，虽然查格姆只学了一点皮毛，但是这三年里每当一个人的时候就会反复练习。对于查格姆来说，这与其说是练武，还不如说是回忆曾经与巴尔萨在一起的时光。

时光流转，不知何时，一系列的防御动作已经融入查格姆的身体，达到了心未动身已远的境地。真希望巴尔萨可以看到自己武艺的进步。但这只能是一个无法实现的梦想吧。

表演持续了一段时间，比武的男人们想必有些疲劳了，步伐越来越踉跄，但塔鲁桑王子的动作仍然游刃有余。

突然，一阵巨大的水花扬起，一个、两个、三个……拳斗士们接二连三地掉进水里消失不见了。过了一会儿，他们才从水里钻出来，有些丧气地甩甩脑袋上的水。他们当中有的人还流出了鼻血。观众们不禁发出唏嘘之声。

只要一个人没掌握好平衡，那么所有人的平衡都会被打破。每一次那些表演者的身体在空中交错，都会有人掉下水去，一个、两个……最后包括塔鲁桑王子在内，只剩下三个表演者了。

咚的一声鼓响，最后三名勇士一齐脚蹬船身翻身腾空而起，回到了这边的岸上。当查格姆看到塔鲁桑的后背时，身体条件反射一般地动了起来。

塔鲁桑全身像在燃烧一般火热，随着一声声鼓响，与对手交错时对方毫不留情地一次次攻击，使得塔鲁桑的身体处于亢奋状态，全身充满可随时爆发的力量。塔鲁桑在心中呐喊:"王兄你看到没有!你弟弟不是贝壳里的珍珠,而是划破天空的鱼叉!你该感到自豪!"

塔鲁桑的肩膀被对方打中,全身一震,但他毫不胆怯地对准对方的太阳穴就是一击。看到被打中的男人一下子跌落水中,他感到痛快极了。

什么珍珠?要没有贝壳包裹,珍珠是多么不堪一击的东西,你自己看看就知道了!

就在表演结束的鼓声响起的一瞬间,塔鲁桑脚蹬船舷腾空而起,落在整个表演期间都默不作声的查格姆太子面前。他佯装落地不稳,故意把身体向后仰,假装不经意地把拳头挥向查格姆。

塔鲁桑本以为自己的拳头肯定会碰到一张柔软的脸,没想到却碰到一个硬邦邦的东西,自己反而被弹了回来。说时迟那时快,他反仰着摔下去的身体被一个人用力地抱住了。

塔鲁桑与这个抱住自己的人目光相遇。塔鲁桑和查格姆彼此惊讶地望着对方,像呆住了一般,半天没有回过神来。

"太失礼了!塔鲁桑!"萨鲁娜站起身来,气呼呼地说。

整个内庭都因为这起意外事件而变得鸦雀无声,宾客们的视线全部集中过来。桑加国王和卡鲁南王子慌忙站起身来。

"这是怎么回事?查格姆太子殿下,您受伤了没有?"

查格姆身后的护卫脸色发青,因失职而羞愧难当,他因座位阻挡没能及时赶过来保护太子殿下。

查格姆自己也不知道发生了什么事,所以也愣了好一会儿。

当他与塔鲁桑四目对视的时候才终于反应过来——多亏自己平时的武功已经达到身心合一，才能够弹开塔鲁桑的拳头，抱住他砸向自己的身体。想到这儿，他才感觉到塔鲁桑的身体好重。

塔鲁桑一开始是惊讶，很快就转为羞愧和恼怒。他的脸一直红到了耳朵根。他发觉自己犯了一个无比严重的错误。对方是同盟国的太子，自己一开始以为将其推托为不可避免的事故就可以不负责任。可就算是偶发事故，在庆祝大典的首日里，作为主人一方的王子就让接受邀请远道而来的太子受伤，后果多么不堪设想，多么失态啊！自己被恼怒冲昏了头脑，竟然如此不顾后果。他幡然醒悟，察觉到自己的幼稚，急忙颤抖着跪倒在查格姆太子面前。

不知何时，父王和王兄也已经来到面前。一看到他们脸上的表情，塔鲁桑觉得肠胃都几乎痉挛起来。这时，只听到头顶上响起一个声音。

"如此激烈的比武，落地不稳也是人之常情。"查格姆太子看着塔鲁桑的眼睛说，"各位不必担心，我毫发无损，连一点儿擦伤都没有。倒是塔鲁桑王子为了我的安全，虽然身体失去平衡仍尽量躲避。"

查格姆声音稳重，让人怀疑这和刚才那个与塔鲁桑四目对视时大感惊讶的少年根本不是同一个人。

他朝满脸不安的桑加国王微笑道："这真是一场精彩的表演，最后连在下都参与进去了，真是不胜荣幸。希望我们新约格王国今后在贵国危急关头也能在塔鲁桑王子身后保护他。"

听了查格姆的话，各国宾客们间的气氛也缓和了，传来了笑声和掌声。

桑加国王和卡鲁南王子也好像终于松了一口气似的回到座位上，从心底感谢查格姆替他们化解了这尴尬的局面。可是，塔鲁桑还在因耻辱而颤抖。查格姆的机智让本来就已经很没面子的塔鲁桑更加像一个小丑。塔鲁桑强忍着内心莫大的愤怒。

他恨这个能够在一瞬间拉下帷幕掩饰自己的风度翩翩的太子，但同时他也明白，这种恨其实是妒恨。所以他努力控制自己内心如野兽咆哮一般的愤怒，因为他不想成为愤怒情绪的奴隶，不想那么愚蠢。

乐队的演奏声再次响起，表演完比武的男人们重新列队。

塔鲁桑低着头，用从牙缝里挤出来一般的声音说了一句"实在对不起"，就准备回到队伍中去。没想到查格姆却开口说："那个……"他望着回头看他的塔鲁桑，"我不希望这件事成为我们之间的芥蒂。"

塔鲁桑不禁皱眉，端详着这个皮肤白皙的太子的黑眼睛。

他惊讶地发现太子的眼睛里映出的是一个连自己都觉得讨厌的自己。只见查格姆的嘴唇微撇，那神情似乎是对自己傲慢行为的不屑。超然俯瞰一切的神情不见了，那只是一个年龄相仿的少年的表情。

塔鲁桑沉默不语，盯着查格姆看了一会儿，然后简短地回答："我也是。"

说完，他便敬礼准备离开，却再度转身，问了一句："查格姆太子殿下，您会武功？"

查格姆的眼睛一亮。那一瞬，塔鲁桑改变了对查格姆的印象。

"我们可以好好聊聊，如果大典结束之前时间允许的话。"

塔鲁桑听完这话，毕恭毕敬地敬了礼，然后回到男人们的队伍中去。

3 花亭的风

夕阳的晚霞将花亭染成了金色。王宫的最西端，位于伸入大海的礁崖尖部有一座亭子，这是被称为桑加政要女人们的休息所。所谓政要女人，就是拥有王室血统的女人中地位高的女人们，比如公主、王妃，当然岛主的夫人也在其中。

这座亭子由六根粗壮的柱子支撑起屋顶，南侧和西侧都是悬崖，悬崖下面就是波涛汹涌的大海。东侧和北侧则是一个开满鲜花的花园，一直通往王宫。花园里没有一处可以藏身。也就是说，这个地方实际上不是休息所，而是一个令探子无法藏身的密谈所。

亭子的地面铺满打磨光滑的白色大理石，中间还有一个六角形的水池，从花园引来的清澈泉水汇集到这里，然后再通过一条水路滴滴答答地流入悬崖下的大海。

傍晚的海风带来了海潮的气味，和花园里盛开的兰贵娜花的香气混合在一起，其中还掺杂着以各种姿势舒适坐着的女人们身上的香水味。

在这个亭子里，除了卡鲁南王子的王妃没有到场以外，所有的政要女人都到齐了。卡鲁南王子的王妃紫娜自从诞下二王子以后身体一直不好，除了正式场合几乎都不露面。

国王的二女儿洛库萨娜抿了一口用花酿制的酒，一脸陶醉地自言自语道："啊，这酒味道真好，洛卡莉娜酒还是加冰才好喝。这真是只有在都城才能品尝到的奢侈品啊！"

王宫里的冰从遥远的北国千里迢迢运到都城，保存在建在礁崖空洞处的冰室里，是只有一小部分人才能享用的奢侈品。

不过，今天这些苗条高挑的女人的话题，是对自己接待的客人品头论足。

"萨鲁娜，你运气好啊！查格姆太子虽然过于白净，但长得还是蛮帅的。"洛库萨娜闭起一只眼睛冲萨鲁娜坏笑。

萨鲁娜报以苦笑，说："是啊，真是。那眼睛美得让人心慌。"

女人们都笑了。

"你这个形容好。桑加的男人虽然身形都很男人，却没有那种神秘的眼神。"

"我喜欢太子身边的那个年轻人。个子高高的，看着就十分博学。"

"噢，那个人是太子的军师，他好像是新约格王国观星宫里的英才。听说这个人将来肯定会成为掌握那个国家实权和方向的人。你好好接待他，肯定没有坏处。"

就在表姐妹和婶婶们聊天的时候，萨鲁娜看到姐姐卡丽娜好像有心事，便坐到她身边，问道："姐姐有心事？"

卡丽娜微微笑了，随即她的眼神似乎下定了决心一般。她仰起头向女人们说道："诸位，我有一件事想问问大家。"

女人们听到这话都停止了谈论，转头看向她。卡丽娜年仅二十四岁，但性格沉稳冷静，不知不觉中已经成为这些女人中的领军人物了。

"你们当中有没有人发现自己的丈夫有异常的举动？"

她看到其中有几个人撇着嘴苦笑，便摇摇头说："别误会。我说的可不是他们有外遇。"

洛库萨娜手里一边玩着酒杯一边歪头问："具体是指什么样的异常？"

"比如说，为了备战而操练，飞鸽传书比平时频繁，与从南边大陆来开拓新商路的来客多次密谈，等等。"

听完这话，大多数女人的脸一下子阴沉了。卡丽娜看在眼里，补充了一句："看来大家都有所察觉。"

一个婶婶缩缩肩膀说："这有什么异常吗？南边的客人经常往这边跑，男人们动不动就喜欢飞鸽传书送出自己的小秘密。我去年也像你一样发觉传书的次数变多了，所以查过。我估计大家也都会这么做，我让负责传书的人把所有的书信都给我送来，为此打点了不少银子，不过书信来往的内容全都在我的掌握中，倒也没发现有什么可疑的内容。"

女人们交头接耳，讨论起来。

卡丽娜继续说："我也是去年发现我丈夫总是飞鸽传书，就开始暗自戒备。但他说这是为了比赛训练鸽子，的确他放的鸽子上也没有带什么书信，收到的信上也没有什么可疑的内容。于是，我就放心了。可是有一个负责货船的人给我送来了这个东西。"

卡丽娜拿出一个小小的黑色焦油一般的硬块。这个硬块已经分成两半，卡丽娜一边从中取出藏着的白色字条一边说："那个负责货船的人很聪明。南边达鲁修帝国的船来的夜里，他发现有一个船员中途离开了宴席，于是就偷偷跟着。看到船员到抛锚绳那里去了，负责货船的人还以为那人是去检查船锚稳固与否。正在这时，那个船员却突然跳进水里，不一会儿又浮出来，若无其事地回到宿舍睡觉去了。他觉得奇怪，就等第二天天亮后在同一个地方潜水查看，结果在船锚的船索上发现了牢固粘在上面的这个东西。这招真是太巧妙了。要不是头天晚上他发觉那个船员的异常举动，就算在链条上发现了这东西也肯定认为是粘上的脏东西，谁也不会想到里边有信。"

女人中最年长的一个，王后的母亲托拉娜原本靠在柱子上，听到这话坐起身来，向卡丽娜招了招手。由于年事已高，她几乎已经不怎么参加公开活动。但由于国王的母亲和卡丽娜的母亲去世得早，托拉娜的经历和见解到现在仍是女人们的依靠。卡丽娜站起身来，走到托拉娜膝前蹲下，女人们也都围过来一起看那张字条。

只见那张白纸上只有几个孔，什么也没写。

"这是解读暗号的密码信。"托拉娜边看边说。

"是的，奶奶。我猜我丈夫收到的飞鸽传书中肯定有可以用这个解读的暗号文字。"

托拉娜把目光从字条移到卡丽娜脸上，问："那你查到是什么内容了吗？"

"还没有时间查。我发现这个是在出发来这里的当天早上。"卡丽娜颦眉摇头说。

"这些男人的血可能又开始沸腾了。桑加的男人们全都是无法用锁链拴住的家伙。"

"那怎么办？要不要告诉我丈夫说我已经发觉了阴谋，让他早点儿死了这条心？"洛库萨娜望着奶奶和姐姐说。卡丽娜摇摇头。

卡丽娜揣测托拉娜的意图说："我们反倒应当继续假装没有察觉。暗自调查谁是主谋，都有谁参与此事，以便将来将此阴谋彻底拆穿。"

女人们的脸上浮现出的与其说是紧张倒不如说是无畏的表情。比起风平浪静，她们更喜欢狂风暴雨，她们是桑加的女人。

卡丽娜看着女人们无畏的神情继续忧心忡忡地说："如果只是几个岛主联手造反，以前倒也有过。叛乱之前岛主内部就已经为争权夺位而四分五裂。雅鲁塔西海有数百个岛屿，要统一这些岛屿并非易事。只不过……南边大陆来的商人若是也参与其中就有些棘手。"

卡丽娜表情严肃起来。

"是啊，要说可疑的商人有好几个呢。比如说粘着这张字条的船上有一个约格商人。自从我丈夫跟这个男人做生意以后，飞鸽传书的次数就增多了。"

"怎么是约格商人？难道不应该是达鲁修商人吗？"

"对啊，他是坐达鲁修的船来的，但相貌一看就是约格人。自从达鲁修帝国征服了约格王国以后，约格人也成了达鲁修的臣民，有很多约格人继续在达鲁修从事贸易。我听说这件事时也觉得有趣，所以记得是这么回事。"

"你这么一说我想起来了，我丈夫也经常跟约格人做生意。"这话是萨刚群岛的岛主妻子说的。

洛库萨娜歪着头说道:"是啊。不过坐达鲁修的船来做生意的约格人又不是只有一个人,你还记得他叫什么名字吗?"

"记得。好像叫童格姆。"

"姐姐觉得可疑的人也叫童格姆吗?"

"不是,好像叫拉斯古,不过名字可以随便乱取。还不能确定那个约格人是不是真的跟此事有关。无论如何,假如真有人利用岛主们在背后策划巨大的阴谋的话,我们必须查清楚。"

女人们纷纷点头同意。这些平时个性很强的女人从小接受的教育就是凡是关系到王国未来的事情,必须团结一致。

托拉娜悠悠地说:"卡丽娜,我老了,身体已经不像以前了,脑子也不中用了。一切就靠你了。你要作为女人们的首领好好听大家的意见,领导大家行动。在新王即位的这个关键时刻,岛主们有可疑的行动,再加上你丈夫马上就要带着纳由古路莱塔之眼来王宫了,我只见过一次那样的人,真是毛骨悚然啊!我觉得有一场暴风雨正在向我们靠近,大家必须警惕。"

太阳仿佛被海平面吞噬,看着夕阳西下、夜幕降临的海面,女人们陷入了沉思。

4 交易

　　就在王宫的女人们看着夕阳入海的时候，拉夏洛姑娘司丽娜也在注视着同一个夕阳，她独自一人漂泊在茫茫大海中的一条家船上。

　　怎么会发生这种事？自从那天遭到袭击被迫跟爸爸分开之后，司丽娜至今还无法相信自己的命运竟然会发生如此巨大的改变。她觉得自己像在一个漫长的梦中飘浮。

　　那可怕的一天之后，司丽娜藏在无人岛海滨上的香格拉树丛中度过了一晚。由于长时间的游泳，身体已经用尽了最后一丝力气，她一到树丛马上就睡着了。可是，她却做了一晚上噩梦。她心中绞痛，不知如何是好，早上阳光透过树叶照着她的脸，她也只是一动不动地发呆，只要一想到爸爸、拉阿西，还有小拉洽，就忍不住一次又一次地痛哭。

　　爸爸让她逃走，可是只身一人连船都没有，该怎么逃走呢？这无人岛上连能喝的水都没有，司丽娜只能想办法到离这里最近的拉斯岛上去。可是昨天那条可怕的船正是从拉斯岛方向来的。

　　为什么桑加的士兵会在商船里？为什么他们袭击我们拉夏洛人？

到底发生了什么事情？真是完全想不通。

怎么才能把爸爸他们救出来呢？想来想去都只能去拉斯岛才行。万一被抓住杀掉，就只能认命了。不管三七二十一，先去拉斯岛好了。

司丽娜正琢磨这件事的时候，听到海上有船桨划水的声音。司丽娜大吃一惊，把脸偷偷从树叶下伸出来朝海面望去——有五艘小船载着士兵往这边来了。在船尾的人摇橹的动作，似乎是拉夏洛人才有的姿态。

士兵们手持弓箭，一边互相交谈着，一边用目光搜索海岸。

司丽娜赶紧把身体深深地埋在树丛中。他们或许是在寻找司丽娜，或者只是查看这里有没有生还的人。

要是他们上岸来找，那就死定了。昨天留在沙滩的脚印不知道还能不能看出来，可能还能看出来。要是涨潮把脚印冲掉了，他们也不下船来找，可能还有救。司丽娜全身高度警惕，倾听着船发出的任何声音。

嗯？司丽娜听见了什么。

咚，咚咚，咚咚咚，咚，咚。

这是船橹敲打船身的声音。这应该是拉夏洛人的橹语。橹语是拉夏洛人为以防万一从小就会教孩子的拉夏洛人特有的一种暗语。司丽娜把全部精神都集中在听力上，仔细辨认语意。

有人生还吗？若有，月出时，相约，岸上。

有人生还吗？若有，月出时，相约，岸上。

第一章　海之都

橹声一直重复这一句话，直到声音越来越远。

这是拉夏洛人中有人要救我吗？但愿如此。司丽娜两手握紧了拳头。

月亮升起来了。司丽娜觉得自己等了无比漫长的时间。她在无人岛上来回走，吃树上的野果充饥，顺着树枝喝一点点残留的露水滋润喉咙。直到月亮快出来的时候才回到香格拉树丛里，等待着有人出现。

波涛声中掺杂着船橹划水的声响，司丽娜轻轻起身。

我，来，救你了。出来。

我，来，救你了。出来。

尽管橹语的意思听得清清楚楚，但真要现身还是需要极大的勇气。司丽娜终于鼓起全身的勇气，从树林出来，站在了夜晚的海边。

一艘细长的小船停靠在岸边，一个男人从小船上跳下来，熟练地把船推上岸。男人朝周围的岸边看了一圈，发现司丽娜的时候，突然停住了。

"你是拉夏洛人吗？"

这不是桑加语，这是拉夏洛人之间才说的拉夏洛语，不过腔调似乎略有不同。司丽娜下定决心回答说："是的。我是拉夏洛人。"

男人的表情看起来有些失望。

"我到你那边去。你别跑。我是来救你的。"

说完，男人朝她走过来。等走到月光能够照在那人的脸上看清他长相的时候，司丽娜才发现这个男人是一个老者。男人看到司丽娜，瞬间僵住了。

"还是个小女孩。"

男人的声音既惊讶又失望。不过他马上就重新打起精神,温和地对司丽娜说:"你是个可怜的孩子,能够活下来真是不容易。我想谁要是能活下来,这个人一定是个坚强的年轻人。"

"我爸爸在哪儿,您知道吗?"

司丽娜脱口而出,然后发现自己问得唐突,赶紧改口说:"对不起。我叫司丽娜。我的爸爸……"

老人用下巴指指香格拉树丛,示意她坐下。

他坐下身继续问:"哪个拉夏洛人是你爸爸我不清楚,不过我知道不是所有的拉夏洛人都在那天被杀死了。有几个人被活捉了,还活着。"

"我爸爸手里应该抱着个小婴儿,身边还有一个十岁的小孩,是我弟弟。"

老人眉毛一扬:"你爸爸是不是右肩受了伤?"

司丽娜情不自禁扑上前去:"没错!他的右肩被箭射中了。"

老人的脸上绽出笑容:"是吗?那应该是那个人。他没反抗,跟孩子一起被关进奴隶仓里去了。"

他们三个都活着。司丽娜热泪盈眶。她还想再问其他叔叔的情况,可是已经哭得说不出话来了。

"你肯定不知道这是怎么回事儿吧?"

司丽娜点头。

"你们以为那是桑加的商船，其实那根本不是桑加的商船，而是伪装成桑加商船的达鲁修帝国的侦察船。"

司丽娜听到这话，惊讶得合不上嘴巴。

"你们太倒霉，要是平时遇见，肯定也只是擦肩而过。只不过那时候他们正在那个礁石后边进行深水作业，你们的船就开过来了。达鲁修帝国打算通过这条水路攻打桑加王国的都城，他们正在寻找一条出其不意的海路进攻。这里水浅，军船不容易通过，所以必须得找一条易于通过的海路。他们当时正在水下调查，万一你们把目睹的情况泄露出去，就会导致整个作战计划失败，为此他们才杀人灭口的。"

"那爸爸不是……"

"他们不会把人都杀掉。那时候故意留了几个活口就是为了让他们说出大海的秘密。俘虏是逃不走的，所以机密也不会泄露。拉夏洛人对桑加王国没有什么忠心可言，他们觉得正好可以利用拉夏洛人帮他们完成计划。"

老人的嘴角泛起一丝苦笑："我们就是活生生的例子。我是南边大陆卡拉鲁王国近海斯卡鲁海出生的拉夏洛人。我的名字叫多哥鲁。你知道吗，卡拉鲁王国两年前被达鲁修帝国征服，现在斯卡鲁海也归达鲁修帝国管辖了。从那时起，我们就不再是拉夏洛人了。"

看到司丽娜不解地眨着眼睛，他又继续解释道："达鲁修帝国并不让我们做奴隶，而是像对待其他平民一样对待我们，把我们视作普通的臣民，这总比被海盗抓住一辈子当奴隶强吧。但是，达鲁修帝国不允许本国的臣民随意出国。国家保护你，你也要尽对国家的义务，也就是要缴税，还要把儿子送去服兵役。拉夏洛人不能再在海上游荡，而是被拴在一个地方，这怎么还能算是拉夏洛人呢？"

多哥鲁瞟了一眼听到这儿才终于明白意思的司丽娜说："这可不是与自己无关的事。如果桑加王国被达鲁修帝国征服，你们也会跟我们一样。"

多哥鲁飞快地低声说："达鲁修帝国把我们的儿子送到都城去。说是去当兵，实际上就是人质。他们还说：你们是拉夏洛人，是在哪片海都能生存的人，派你们去桑加王国的领海不会引起怀疑，你们是最好的侦察兵。快去桑加王国的领海勘查情况，详细汇报，从海潮到桑加王国统治下的岛主们的军备，一个都不能少，干得好就有奖金。所以，我们现在成了帮助他们侵略桑加王国的领路人。"

听到这里，司丽娜感到全身发冷。爸爸他们竟然突然被卷入这么大的事件中。

"求您救救我们！"

司丽娜哀求一般死死地抓住多哥鲁的手。

"求您让我爸爸逃走吧！"

多哥鲁推开司丽娜的手，摇头说："这不可能。现在最好的办法就是让他们乖乖听话，一切照做。要逃就只有死路一条。要是他们听话，你的家人和其他幸存者就会和其他拉夏洛人一起工作，也不会受到虐待。"

"那您能带我去找我爸爸吗？我也想和他们在一起。"

司丽娜紧握多哥鲁的手指更加用力。

"你的心情我理解。但是我也有一件事想让你帮我做。"

司丽娜微微皱眉。暗夜里，多哥鲁的眼珠似乎反射出光芒。

"达鲁修那帮人不知道你还活着……你是来到我手里的复仇之箭。"

多哥鲁的语调中有一种热血沸腾般奇怪的感觉。

司丽娜想把自己的手偷偷撤回来，没想到多哥鲁反倒紧握着她的手不松开。

"你听着。我儿子死了，说是在边境的小范围冲突中被打死的。你知道吗，达鲁修的西边国境线处全是沙漠。你能相信吗，啊？一个拉夏洛人居然死在沙漠上！我梦见过好几次。我儿子被带到滚烫的沙漠，然后被人打死……"

多哥鲁眼中积满了浑浊的泪水，滑落脸颊。

"我恨害死我儿子的达鲁修人。可是我恨他们，我能干什么呢？我无处发泄，反而要给他们当手下，帮着抓同族人！"

多哥鲁张大嘴巴，深吸了一口气，然后盯着司丽娜说："你是海神可怜我，给我的一支复仇之箭。我要用你，向达鲁修帝国射上一箭！虽然事情不大，但是足够受的！你去都城，然后把我这边的情报告诉桑加王室。达鲁修帝国虽然强大，但是桑加王国更熟悉海，桑加王国也有赢的可能。要是桑加赢了，我就高兴。如果桑加赢了，我们这些斯卡鲁海的拉夏洛人肯定都会想办法逃到雅鲁塔西海。明白吗？我们快憋死了，再也无法忍受眼看着自己的儿子在陆地被杀死这种事。我们受够了！"

司丽娜用尽全身的力气才终于把手抽出来。

"这么难的事我怎么可能做得到？我干不了……"

"你怎么知道自己不行？虽然你只是个小姑娘，可是你在那种情况下都能逃过那帮人的眼睛。况且，你也没有选择。你要是答应我，我就给你准备逃走用的船和粮食，还会在暗中保护你的亲人不让他们受罪，我也可以让同伴给你爸爸送药。我是达鲁修统治下的拉夏洛人的头领，我还是有这个能力的。只要你爸爸跟我们一起忍耐着活下去，我们就能回到达鲁修统治下的拉夏洛人聚居村二岛去继续生活。你就能知道他们在哪儿，就能重新和亲人一起生活。当然，这需要好几年以后才能实现，但那也比再也见不了面强吧？"

多哥鲁嘴角泛起笑意，直勾勾地盯着司丽娜。

"你要是不答应的话，我就把你留在这儿自己回去。你的亲人我也没必要照顾，你爸爸弄不好也会因箭伤引发可致死的重病。你要是不能体谅我儿子被杀的心情，我也没必要帮助你的亲人……怎么样？接受还是拒绝？"

司丽娜很想骂他疯子，可是想想爸爸他们，却又不敢那么说。

司丽娜想象着自己将要面临的遥远旅途。自己到底能不能在没有爸爸的指导下一个人驾船穿越外海呢？她好害怕，但是没有别的办法。受伤的爸爸身边带着还是婴儿的妹妹，只要他们能过得好一点，让自己干什么都行。

司丽娜丹田运气，用成年人谈判时一样的口吻回答："接受！"

多哥鲁开心地笑了。

"好！那我给你一条出逃用的船。这个海角的另一面入海口停着三条侦察船，它们明天一早就会离开，到中午这座岛上就没有达鲁修的船了。等过了中午，你就爬上山丘，确认对面没船了再过去。"

多哥鲁说会在海口附近的浅滩的水下藏一条船。

"拉着你们的家船走会影响行进速度，所以达鲁修士兵命令我们把家船破坏以后再沉到海里去。离海角最近的那条船我没有破坏，只是假装破坏后沉下去了。只要把压着船的石头移开，用珈榔材料做成的家船很轻，你一个人应该也能让它重新浮上来。

"还有，海角的岩石堆那里有一个石窟，达鲁修士兵让我们把不要的东西丢在那个离海口最近的石窟里，所以我把航海需要的物品假装成废品藏在了那里。之后就看你了。你还小，但你是拉夏洛人的女儿，独自一人也一定能够生存下去。"

说完，多哥鲁的脸越发严肃，声音也变得低沉了。

"现在我把我知道的达鲁修军船队的情报告诉你，你听好了。这些情报对桑加王国来说比一桶金币还值钱。"

多哥鲁用手指在司丽娜的手掌心写写画画，告诉她岛上的位置关系和军船的配置情况。

用手指头和手掌心记忆海图是拉夏洛人独有的方法：手腕的方向为北，中指指向南方，然后再用儿歌的形式边唱边记忆海岛和海潮的方向。

最后，多哥鲁用自己厚厚的手掌压住司丽娜的手掌说："千万不要告诉不该告诉的人。桑加人也不一定全都对王室忠心耿耿。要是把我告诉你的这些机密告诉给了不该知道的人，别说是你，就连我和你爸爸也会被杀掉的。"

司丽娜感到身上的重担压得自己喘不过气来，浑身剧烈地抖动。

多哥鲁看到她这样，眼睛里闪过一瞬放弃的眼神。他似乎想说什么，但终于还是没有说，只是紧紧地握住司丽娜的手，然后松开了。他站起来，只说了句"加油"就离开了。

司丽娜按照多哥鲁预先交代的找到了可以逃离这座岛的家船。她一个人把沉在水里的船拉上来的时候，好几次都差点儿被挫败感打败，几乎要流下泪来。

好在洞窟里藏着的东西里还有贫穷的拉夏洛人很少能吃到的点心和熏肉，还有一大笔钱，足足有两千加币。司丽娜觉得有些温暖。而且多哥鲁的眼睛里最后流露出了抱歉的神情——他一定会按照约定保护爸爸。

那一瞬间，多哥鲁的眼睛里有些犹豫，要是那时候扑到他身上大哭就好了。

司丽娜这样想过好几次。那时候要是彻底崩溃大哭起来，他也许就会放弃，也许就会明白让一个这么小的女孩去完成他的计划是不可能的，也许就会带自己去找爸爸。自己当时为什么没有那么做？为什么？那样哭出来就好了。后悔的念头一直盘踞在司丽娜内心，折磨着她。

想想今后，心中全是恐惧，但心里还是有一个小小的希望。那时候多哥鲁对她说不要把情报告诉不该告诉的人，她心里闪过一个少年的脸，她知道该把这比整桶金币还有价值的情报告诉谁，是从小就一起练习潜水捉鱼、一起在海里潜水游戏的朋友，而且是绝对不会背叛王室的人——塔鲁桑王子。

可是，塔鲁桑王子现在在都城的王宫里。身在王宫的王子跟在岛上的时候不一样，他是云朵之上的人。在王国里身份最低的拉夏洛人是不可能轻易见到王子的。

"当初还是应该哭出来，哭出来就好了。这种胆大包天的事情我怎么可能做得到……"

但是，能够改变命运的瞬间已经永远逝去了，无论再如何后悔也不可能改变了。

就这样，司丽娜踏上了孤独的旅途。

5 纳由古路莱塔之眼

查格姆细嚼慢咽，品味着异国的美味佳肴。以前由于旅途劳顿，他不太喜欢吃这些有些油腻还使用了香辛料的菜，甚至觉得味道都有些刺鼻。不过到桑加已经三天了，身体终于恢复，对那些香料也不觉得刺鼻了，无论哪个菜都让他觉得特别美味。

身旁坐着的桑加王室的女孩，一直优雅地照顾着查格姆用餐，让他很是不好意思。不过，用女性分隔开热衷于政治话题的各国宾客，可以让客人不必分心应酬，用心享受佳肴，这真是主人的周密体贴之处。桑加人乍看直爽坦率，实际上心思缜密、精于算计。

就说修加，听说他本就比自己还不擅长与女性相处，每次都窘迫得要命，不曾有一刻自在过。看到他今天的表现果然如此，表情紧绷，查格姆不禁在内心大笑。

以前都是听说，现在真置身于这样能够观察各个国家人的场合还真是有趣。不光是服装不同，就连皮肤的颜色、体格和脸型都不相同。查格姆感到饶有趣味。

尤其是晚宴的宴席，对面坐着坎巴王国的国王。查格姆对他尤为注意，因为拯救了查格姆的女保镖巴尔萨就是坎巴王国的。他的身材看似羸弱，但是有些脸部特征让人想到巴尔萨的样子。他就是让巴尔萨的命运发生翻天覆地变化的那个国王的儿子。查格姆这么一想，觉得有种不可思议的感觉。

终于等到荤菜被撤下去，水果和酒被端上来。客人们中间传来表示欢迎的欢呼声。这是因为那些水果都比别的国家的普通水果要大一倍。查格姆咬了一口熟透的红桃一样的果实，不禁大吃一惊，甜甜的果汁和香气在口中满溢开来。

"桑加真是富饶啊！"

听到查格姆这样自言自语，坐在旁边的萨鲁娜笑了："既有富饶之地也有贫瘠之地。我们这些王室女子在每个岛上经历各种生活，也看到很多百姓缺衣少食呢。"

查格姆歪着头，想起修加跟他说过的故乡的小岛的事，就说："比如说，水……什么的？"

萨鲁娜有些惊讶地睁大眼睛："哟，您真是见多识广。大多数人都先想到食物。是这样的，虽然被海水包围，但实际最缺的是水。有的岛有井水，但是光靠这些水根本不够，只能积攒雨水。"

"是吗？我们国家的小岛也是这样。"

席间越来越多的客人开始端着水果和酒，从自己的位子上站起来走到熟悉的人那里去。正顾着和萨鲁娜说话的查格姆身边突然出现一个黑影，他抬起头一看，是塔鲁桑王子端着酒壶站在他面前。自从比武表演那天出事以后，塔鲁桑被勒令禁足反省，连续两晚都没有在宴会上露面。今天似乎终于可以出来参加宴席了。

查格姆有些担心这个曾丢尽脸面的塔鲁桑此时的意图，但塔鲁桑的表情并没有像他想象的那么阴沉。

"比武表演时我太失态了，请您原谅。"

塔鲁桑的声音很粗，边说边给查格姆的杯中斟满金色的美酒。

"多谢！那件事殿下不必再提了。"

查格姆说完，刚把酒杯放到嘴边喝了一口，就被刺鼻的酒气给呛住了。他还是第一次喝这么烈的酒。为了掩饰尴尬，他接过塔鲁桑手中的酒壶，给塔鲁桑的杯中也斟满酒，他觉得自己这个动作还真有些大人的样子，心中不禁有些小得意。塔鲁桑似乎全然没有被烈酒呛到，一口气把酒干了个底朝天。

"塔鲁桑殿下，您平时就喝这么烈的酒吗？"

看到查格姆敬佩的神色，塔鲁桑仿佛重拾自信。

"这可不算烈酒。像萨卡龙那种蒸馏酒，只要一入口，立刻觉得鼻子和嗓子都像被火烧着了一样。桑加的男人都爱喝酒，我也是从小就习惯了喝酒。坐在船上也不知道是晕船，还是醉酒，诸如此类吧。"

查格姆笑了。

"喝醉了也能在船上保持那种平衡吗？"

塔鲁桑的脸上终于露出浅浅的笑容。

"已经习惯了船上的摇晃，反而是走在地上的时候有时候走不好呢。"

"所以男人们才找借口喝酒，说是为了在陆地上也有在船上一样的感觉。"萨鲁娜用讥讽的语调，开玩笑似的瞪着塔鲁桑，塔鲁桑这才停下来不再继续给查格姆斟酒。因为他领会到那是姐姐告诫他：不能让查格姆太子多饮不习惯的酒，等下不舒服可不行。于是，他坐到查格姆面前，换了个话题。

"殿下平时操练何种武术？是新约格王国所传之术吗？"

查格姆勉强一笑，因为他感觉到修加朝他投来一丝担心的目光。

修加察觉到查格姆跟这个血气方刚的塔鲁桑王子很投脾气。因为他了解查格姆，知道他对与自己性格不合的人不会摘下神圣王子的面具，但对于自己喜欢的人就不会伪装。修加担心查格姆会过于暴露真实的自己。

"没什么。我只是学过一点叫作奇技的武术。"

"哦……"萨鲁娜一发声,查格姆和塔鲁桑都吓了一跳,纷纷转过脸来看她。

"王姐知道这种武术?"

"我只听过名字。好像是坎巴的武术。"

萨鲁娜饶有兴趣地望着查格姆。

"这么说那些传闻都是真的了?我以前听说过查格姆太子传奇的经历,说是救了水精灵,能够呼风唤雨。不过说真的,这种传说……"

看到萨鲁娜欲言又止,查格姆自己接过话来:"是美化王族的故事对吧。"

萨鲁娜脸红了:"是的,实在抱歉。不过,听您说您学过坎巴的武术,我就觉得传说不是假的了。其实我以前听歌谣里也唱过同样的故事,比以前知道的描述得更为详细、更为美丽。当时救了太子殿下的是一个坎巴的女子,武功盖世。"

查格姆意外地听到萨鲁娜说出那些话来,心跳加快。

"歌谣?唱我的歌谣?"

"是的。好像是一个约格人,声音特别好听,他来都城的时候唱的。"

查格姆不禁满面通红。那个歌手是谁他能猜出一二。他有着比查格姆更加不可思议的命运,虽然知道他做事有些轻率,可万万没想到他竟然会把自己和巴尔萨他们的事情编成歌谣,在异国传唱。真是岂有此理。

"您不要轻信歌谣，它肯定是把清风唱成台风。"

"那请您告诉我真实的故事是怎样的。"

查格姆见萨鲁娜两眼神采奕奕充满期待地望着自己，更加进退两难。若是政治上的谈判较量，自己还算擅长，可是这种深藏心底的事情，却不知该从何说起。最后查格姆没办法，只得像讲述别人的故事一样简单地说起来：异界精灵能够给世界带来雨水的传说，自己成了精灵卵的守护者，还有那为寻卵而来的可怕妖怪。

塔鲁桑和萨鲁娜情不自禁地身体前倾认真听着。查格姆为了避开父王要杀自己的情节，改动了部分细节。

"我为了不连累其他人只能逃跑。可是那时我只有十一岁，还是个连王宫都没出过的孩子。那时候救了我的就是刚才萨鲁娜殿下说的坎巴的女人。她叫巴尔萨，是个保镖。"

塔鲁桑一副半信半疑的样子。

"女的……保镖？"

查格姆眼里闪现出快乐的光彩。

"塔鲁桑殿下，您如果有机会目睹坎巴的武术，一定会大为震惊。我国也有很多武艺超群的高人，但是我至今都没有见过能够超越巴尔萨的人。"

塔鲁桑想起自己假装意外袭击的拳头被小个子的查格姆反弹回来，不禁点头赞同。

"那您后来就跟巴尔萨习武了？"

"是的。只是学习防身之术，一点皮毛而已。巴尔萨不仅徒手武功好，长枪也使得好。那枪法简直令人叹为观止，无法形容。她有长枪巴尔萨之称，简直名不虚传。"

查格姆显得非常兴奋，眼睛熠熠生辉。塔鲁桑和萨鲁娜也听得津津有味，连酒都忘了喝，三个人越聊越投机。

就在这时，钟声突然响起。那些正聊在兴头上的宾客一齐看向桑加国王，似乎在询问发生了什么事。桑加国王缓缓抬起较胖的身躯，说："各位，抱歉打扰了大家的畅谈。有件事想跟大家说明一下。"

人们的耳语声渐渐消失，大厅里鸦雀无声，人们等待着桑加国王接下来要说的话。

"刚才的钟声是告诉我们有一个人已经到达了港口。我国自古有传说，认为海底居住着一个叫作纳由古路莱塔的民族。"

国王用洪亮的声音将异界海之民的传说和被海之民附体的女孩的事一五一十地讲解了一遍。

"那么，现在抵达港口的这个人正是已经成为纳由古路莱塔之眼的女孩。"

听到这儿，客人们又开始交头接耳。

"各位可能有人不相信这样的传说，或是贵国没有这样的习俗，但是纳由古路莱塔之眼对我们桑加人来说是神的使者，我们必须用最高级别的礼仪招待使者。使者的肉体是一个贫穷渔夫的女儿，让她坐在各位贵宾之中实在是非常抱歉。但本国习俗如此，还请各位谅解。"

查格姆对修加使了一个眼色。

纳由古路莱塔？海底的另一个国家？

修加也看了查格姆一眼，两人此刻心有灵犀，尽在不言之中。因为刚才跟萨鲁娜他们讲的那个把卵寄生到查格姆身上的精灵就来自与人类世界并存的另一个世界，而新约格王国的原始居民亚库人把它们叫作纳由古世界的精灵。

修加的内心也开始不安起来。

新约格王国的正统宗教是天道教，修加是献身于这一宗教的观星博士。他在星宫里观察星象，解读天意。星宫是最神圣的地方，那里尊奉着指引约格人的圣导师。

约格人离开南方大陆的家园，在北方重新建立王国的时候，那里原本居住着被称为亚库人的民族。亚库人对世界有独特的认识，还使用独特的咒术。尊奉天道为唯一绝对信仰的观星博士们把亚库人的信仰视作蠢人的迷信，根本不予理睬。

但是自从修加被卷入查格姆太子身上寄生精灵卵的事件后，他认识了亚库人咒术师特洛盖伊，并开始被亚库人的咒术所吸引。此后，他就与特洛盖伊开始了秘密会面，一方面跟特洛盖伊学习咒术，另一方面也教特洛盖伊天道。

身为观星博士却跟亚库咒术师来往，这件事要是被人知道，他一定会被踢出门外。但是，修加宁愿冒着随时掉下山崖粉身碎骨的危险也要踩着钢丝走下去，是因为他对世界的奥秘有着强烈的求知欲。

查格姆太子此刻肯定也和自己一样觉得很好奇。

"必须要小心。"

修加这样对自己说。必须克制，绝不能让查格姆太子卷入奇怪的事件中去。

"纳由古路莱塔之眼应该是卡鲁修岛上渔民的孩子吧，王姐？"塔鲁桑王子略显不安，向姐姐询问道，"王姐，你知道是谁吗？"

萨鲁娜一时难以回答。塔鲁桑看到她的表情，产生了一种不祥的预感。

"你肯定知道对吧，到底是谁？"

"塔鲁桑，纳由古路莱塔之眼可不是'人'。以前不是就告诫过我们不能随便议论这些事吗？"

塔鲁桑沉默了。因为他意识到姐姐边说边看他的眼神在示意他不要在客人面前表现得惊慌失措。但是姐姐这样的表现说明，成为纳由古路莱塔之眼的人一定是塔鲁桑熟悉的女孩。到底是谁呢？接受最高礼遇之后，再被丢到海里的女孩……

查格姆用平静的语调问道："在下有个不情之请，请宽恕一个异邦人之无礼。"

塔鲁桑有些惊讶地望着查格姆："您请说。"

"刚才陛下说成为纳由古路莱塔之眼的女孩会接受最高礼遇，您为何反而担心紧张呢？"

"对不起，打扰了您的好心情。弟弟太不成熟了，心里藏不住事情。"萨鲁娜表情僵硬地笑着道歉，"若因此事引起您的不快，我们也于心不忍……既然您已经问了，那我就告诉您吧。"

萨鲁娜用平淡的口吻详细地讲解了关于纳由古路莱塔之眼的一切，也交代了虽然其会受到最高礼遇，但最终会被沉入海里的结局。

查格姆脸上虽然没有表现出来，内心却受到很大的刺激。无法左右自己命运的女孩，最终必须死掉——这明明就是查格姆经历过的事。

查格姆拼命对自己说要保持镇定，然后问道："那个女孩除了坠海，就没有其他结局了吗？"

塔鲁桑像寻找希望一般望着萨鲁娜。萨鲁娜耸耸肩膀。

"听说那女孩如果在仪式当晚之前苏醒，就不会将她沉入海中。因为纳由古路莱塔已经把她的灵魂还回来了，没有再送给大海的道理。我听说很久以前有过一个清醒过来逃过一劫的女孩。"

"希望这个女孩也能苏醒……"塔鲁桑喃喃自语，落日的余晖落在他的脸上，微微映红了脸庞。

"那女孩好像是我们从小一起长大的卡鲁修岛上的岛民。"

查格姆看到塔鲁桑忧心忡忡的样子感到有些惊讶。他一直以为塔鲁桑王子是一个自尊心很强的少年，没想到他虽然贵为王子却发自内心地担心渔民的生死。他由此觉得跟塔鲁桑更亲近了一些。

桑加特有的用贝壳制成的香格拉姆笛的声音响彻全场。

在万众瞩目之下，士兵们簇拥着一个小小的身影出现在大厅入口处。

客人们中有人惊呼起来，因为那个女孩的装扮实在太奇怪了。虽然她的身上穿着华服，头上却罩着白布，白布外面还有一块黑布遮住女孩的眼睛，包裹得十分严实，绝对不会意外滑落，只能看到脸上的

虚空旅人

一个小鼻子和一张小嘴。

"纳由古路莱塔之眼,欢迎来到王宫!请接受我们的款待。"

桑加国王的话一出,士兵们拉起手将女孩带到大厅。

那女孩走动起来就像一个没有灵魂的牵线木偶一样。

塔鲁桑仔细观察从自己身旁走过的女孩,突然他屏住呼吸。他注意到她的手指上戴着一枚小戒指,是用贝壳打磨而成的简陋的戒指。那是塔鲁桑亲手做的小玩具,送给那个每次去潜水打鱼时都围在自己身边的可爱的女孩——艾夏娜。

艾夏娜!是艾夏娜吗?

他求证一般地望向萨鲁娜。萨鲁娜满脸沉痛,微微颔首。

查格姆在一旁完全没有注意到姐弟俩的小动作。他一看到那女孩,额头突然有一种冷飕飕的刺痛感,他不禁手心冒汗,攥起了拳头。

随着额头那一点儿刺痛蔓延到鼻腔里,查格姆嗅到一股特殊的味道。这味道他死也忘不了,是水精灵寄宿到他的身体里时他曾经闻到过的气味,纳由古的水的气味。

6 艾夏娜的戒指

丝路贝灯托着一束温暖舞动的亮光。丝路是一种橙色的贝壳,人们把它打磨成几乎透明的薄薄一层,然后拿它当灯罩挡风,里边点上蜡烛就成了灯。丝路贝壳很难采到,因此这种贝壳灯是王宫里才有的珍品。

查格姆不是坐在椅子上,而是坐在从本国带来的软乎的大坐垫上,单腿屈膝而坐,背靠着靠垫。把其他人都撵走后,房间里只剩下查格姆和满脸愁云望着他的修加。

"……这绝对不行,殿下。这根本不是值得讨论的问题。"

查格姆听到修加严厉的声音,脸上肌肉紧绷,有些生气。

"为什么?人命关天。我闻到那女孩身上有纳由古的水的气味。我记得清清楚楚,水精灵的卵在我身体里一点点成长的感觉。身体里的灵魂越来越小,手脚都慢慢失去知觉,眼睛也看不见,耳朵也听不见……最后自己对自己的身体没有任何感觉。

"肉体已经完全被水精灵的卵操纵,根本不听命于我自己的意识。

我拼命地想守住自己的身体，不知是不是因为这个才又能感觉到外部的世界了……但当时我所看到的世界不只是这个世界，还有纳由古的世界，纳由古和萨古重叠在一起的一个奇怪的世界。

"身体明明走在陆地上，灵魂却在纳由古的河水中，在一片深不见底的琉璃色的水中。我看见那个世界的鱼游过这个世界的树根……"

查格姆说完，睁开眼睛看着自己对面正襟危坐的修加。

"那个女孩子，眼睛看不到，耳朵听不到，走路的时候就像一个没有魂魄的木偶，那是因为……"

"不是的，"修加说，"殿下，您冷静一下。那女孩是被士兵拉着走的，不是吗？殿下您那时被水精灵控制肉身，是它为了孵化自己要找到水源。而那个女孩不是被水精灵操控的，而是任人摆布而已，不是吗？"

这话给了查格姆当头一棒，他的心情像被人泼了一盆冷水一样糟糕。说得没错。水精灵控制我的身体时，是因为精灵想赶快孵化，身体的全部行为都只为这一个目的。那时的自己是不可能像今天那个女孩一样乖乖地被人牵着走的，一定会拼命只朝着自己的目的地而去。

"可是……"

修加平静地打断了还想继续说下去的查格姆："殿下，您说您想救那女孩的命，可就算是那个女孩跟殿下您当年一样被精灵操控了，您打算怎么救她呢？"

"我想告诉桑加国王是怎么回事。"

"您有什么证据？"

查格姆无言以对，他知道修加想说什么，自己的体会说到底只是自己一个人的体会。那个女孩也只是跟当时的自己很相似，但不能完全确定。

修加低声说："我这四年一直跟特洛盖伊大师了解纳由古世界的事，就连当代最厉害的特洛盖伊都说，纳由古是她最搞不懂的。可能还有我们所不知道的水之守护者在那个世界存在。自古以来，这个国家流传下来的传统做法里可能有我们不知道的大智慧。"

"但至少应该试着确认一下。修加，你不是跟特洛盖伊大师学过召魂术吗？用一次就好。你用那个法术把那女孩的魂召回来吧。"

"殿下……"

查格姆抢过话："我知道这有风险。但是我一想到那个女孩连自己身上发生了什么事都不知道就被丢进海里杀掉，我就……"

"殿下！"

修加的双手按在查格姆肩上。查格姆大吃一惊，心想修加好大胆。这是因为王族的身体是不可以触摸的，像修加这种身份的人倘若没有逼不得已的理由，触碰太子身体的行为是大逆不道的。

查格姆的气势被修加的眼神压倒，不再出声。修加一个字一个字地说："您少安毋躁，好好想想您现在的处境。在新王继位这么重要的庆典仪式上，您身为客人，身为异国王子，难不成要逼迫国王颠覆本国自古以来的传统吗？"

身为新约格王国的太子，那样做确实有失体统。

人命关天，我却为自己的身份所累，坐视不管吗？

查格姆烦躁不已，心中如火烧一般痛苦。

修加把手从他的肩膀上拿了下来，与此同时，查格姆心中的烦躁也随之转化成无奈的失落感。修加说得对，而且他也明白修加总是在保护自己，让自己醒悟。

查格姆用力紧握拳头，指甲深深嵌进手心的肉里。

修加退下以后，查格姆无法入眠，一人独立窗前。

打开木窗，海风吹来，轻轻拨动他的头发，鼓起他的衣裳，微微出汗的皮肤变得凉爽起来。

尽管夜晚仍然炎热，但夜风带来一丝凉意，海潮的气息将查格姆包围。王宫里建筑之间的海面颜色显得暗一些，粼粼波光映着银色的月亮。

查格姆正欣赏着银色的波光，猛然间好像听到一阵喧闹的歌声。

额头上的一点又痛起来……突然，查格姆看到带着光芒的琉璃色波浪像幻象一般朝自己袭来。

水的气味浓得呛鼻，过去他被水精灵附体时，全身都充斥着水的气味。现在这种气味再次将他包围，不断涌来的海浪并不是黑夜里的海浪，而是带着亮光的琉璃色的海浪。

窗前、地板、房间，所有的光亮都消失了，查格姆完全被包围在琉璃色的水中。

深不见底的琉璃色中有千万灯火在舞动。无数黄绿色的灯光跳动着，像从远处射来的箭一样逼向他，却又从身边划过，留下光的尾巴

虚空旅人

慢慢消失，像乱舞的萤火虫一般。

是水之居民——约纳·洛·盖伊。

查格姆心中有种莫名的熟悉感。纳由古的水之居民成群结队地边跳边舞，一片欢乐。一阵颤抖的高音传来——是歌声。那歌声像一只纤细的手拨弄着胸膛，引出丝线来。微暗的海底涌起千万歌声，变成无数飘动的闪闪发光的丝线……

那是引领他去海底的线。查格姆下腹部升起一种飘飘欲仙的冲动，就像站在高高的悬崖上望着一片无比美妙的水面。

那海底一定美丽至极，他很想就这么跟着去……但是这心思又被什么阻挡住了。

查格姆看见了自己的手，中指上戴着一枚象征太子身份的戒指。歌声逐渐远去，琉璃色的海浪也淡去，一切都瞬间消失了。

查格姆手扶着冰冷的窗棂，喘着粗气，盯着自己的手看。心脏发疼，全身脉息狂乱。到底发生了什么事？刚才真的跑到纳由古的海里了吗？

这个地方在纳由古也许是海底。

与这个世界萨古重叠并存的另一个世界纳由古。查格姆知道，在这个世界是陆地的地方，在那个世界可能是海洋。

可是，真的能够如此轻易地就进入另一个世界吗？那个连咒术师不使用特殊的法术都无法看到的世界。的确，当纳由古的精灵在胸中时，他确实可以轻易地看到两个世界重叠在一起的样子，可是自从精灵卵离开他的身体以后，他与纳由古就不再有任何瓜葛了。

猛然，查格姆的脑海中浮现出一个画面。

那是开在纳由古和萨古这两个不同世界的小花——席格·萨尔亚花。

莫非……他的胸中涌起一阵寒气。

莫非开在两个世界的不仅仅是席格·萨尔亚花？也许连自己也没有发现，其实自己也一直在纳由古里，所以小时候精灵才能够把卵寄生到自己的身上吧。

查格姆感到越来越恐惧，腿都开始发软，他感觉到自己的心中有一扇关闭的门，打开这扇门随时可以通往纳由古世界。但这恐惧又是从何而来呢？

查格姆一边急促地调整呼吸，一边竭力思考这恐惧的缘由。终于，他看到了如流沙流动的幻象。

如果那扇门完全打开……那么身在这个世界的查格姆就不再存在了。他突然意识到，如同在天平两端放上流沙称重一样，夹缝两侧的两个世界此刻正保持着平衡的状态。但一旦打破平衡，朝某一边倾斜，那么流沙就会哗地流向另一边，失衡的那一刻便是另一边消亡之时。

查格姆绞尽脑汁也想不通这到底是怎么回事，只是有一种感觉。要是就像刚才那样被吸引去了纳由古世界的海底的话，结局又会怎样呢？

世界为什么会存在？自己又为何生于这世界呢？这是一个对查格姆来说根本无法找到答案的严肃的问题。

但有一点可以肯定，那就是这个在纳由古世界处于海中，对于像查格姆这样存在于两个世界之间的人来说，是一个容易听到纳由古世界水之居民的呼声的地方。

那个女孩也一定听到了这呼声。

然后她就跟着去了，去了纳由古的海底。查格姆不禁打了个冷战。

那女孩的魂魄可能回不来了。

纳由古的世界很美丽。可是人的感情、生命在那个地方都像沙子一样不值一提。

想想精灵卵在支配自己身体时的冷酷无情就可以明白，它只是为了出生而利用了查格姆，它并没有恶意。就像需要出生的婴儿一样，那个卵也只是顺从生命赋予它的天性罢了。

查格姆却几乎因此死掉。不，应该说肯定会死掉，要不是有人救了他的命，他现在肯定已经死了，而且是活生生地被水妖撕裂。

纳由古是一个深不可测的水底世界，美丽而壮观的世界。被吸引过去的人就如同掉进海里的一块小石头。

"我和别人不同，我可以去那个世界追回那个女孩。"查格姆想。可是一想到要再次打开那扇门，他又马上打消了念头。查格姆的确可以去追她，只是他不认为自己还能够再次回到这个世界来。

塔鲁桑也正在经历一个不眠之夜。

一想到戴着贝壳戒指跑到他跟前的艾夏娜的笑脸，他就无法入眠。

哥哥、姐夫，还有那些自大的岛主要是知道此刻塔鲁桑的心情，一定会嘲笑他吧。一个渔民家的女孩值得王子身份的人如此放不下吗？

"哥哥们是哥哥们，我和他们不一样。"塔鲁桑这样想。

奢华的寝室天花板上镶满了夜光贝，像夜空里的星星一般眨着眼睛。塔鲁桑觉得很像他躺在船上的甲板上时看到的繁星满天的天空。

在船上，船长的命令就像是国王的命令一样必须绝对服从。就算是王子，也必须服从经验丰富的船长的命令。

在无边无际的大海中，船就像一块漂浮在水面上的小木板，在船上一起生活的人都是生死与共的人。这种超越身份的情感，继承王位的哥哥一辈子也不可能理解。

塔鲁桑从小就是在那个海风很大的卡鲁修岛上长大的，那里是桑加王室起家的地方。不必掩饰祖先是海盗的事实，这是大家都知道的事。只不过桑加王室不仅仅是海盗。没有人愿意追随只知道掠夺的海盗。随着追随的人民和盟友越来越多，祖先们不断地学习，逐渐成为睿智的统治者。

但是使桑加王室繁荣的原因还有一个，那就是他们始终保有大海之子的心。

塔鲁桑认为，祖先们一定清楚地知道这一点。海上谋生的人民原本就自给自足，保持独立，要凝聚这样的人心，一定不能像陆地国家的国王那样在人民面前保持神秘。

要是约南叔叔还活着就好了……塔鲁桑最近常常这样想。

父亲的亲弟弟、统率桑加王国大军的叔叔才是真正的大海英雄。

塔鲁桑从小就常听叔叔对他说，塔鲁桑是联系王族与人民的纽带，要有一颗能够对民心敏感的心，才能够受到人民的爱戴，同时成为王兄的左膀右臂，时时进言进谏，这样国家才绝不会走上歪路。

所以塔鲁桑才能够一边当着王子，一边跟渔民们摸爬滚打，学习打鱼。他的姐夫阿多鲁看到他整天晒得黑黑的在堤坝上抓鱼，曾在背地里感叹说，他与其生为王子，还不如生为渔民更幸福。这些话他不是不知道，只是不在意而已。

其实，他觉得阿多鲁才应该多跟岛民交流。整天把王室女婿这种身份的荣耀挂在嘴上，却根本不了解岛民的生活，又怎么能保护这座岛呢？

那些保护岛屿的士兵，以及那些保护王室的士兵，大多都是渔民出身。直属塔鲁桑的卫兵也都是卡鲁修岛和附近岛屿的海之兄弟。不了解他们的心，如何能让他们听命于自己？

塔鲁桑逐个回忆每一个与他在海上摸爬滚打的兄弟的脸，那是一张张晒得黝黑而粗糙的面孔。他们虽然听命于岛主和王室，但内心深处还是最为欣赏一个男人在海上的力量。

塔鲁桑在这些男人中间成长，他已经能够以男人的实力去慢慢征服他们的内心，而不是以王子的身份。他们敬佩塔鲁桑潜水和用鱼叉捕鱼的身手，在他们心中，塔鲁桑是一个身手不凡的属于大海的男人，所以更敬佩他、服从他，这是塔鲁桑最感到欣慰的。尤其是那些百里挑一的直属塔鲁桑的卫兵,他们从心底里信任塔鲁桑,绝对服从塔鲁桑下达的一切命令。

卡鲁修岛的景色和那个女孩的脸再次浮现在眼前。

要是雅塔还活着会怎么样呢?

雅塔是艾夏娜的父亲,跟塔鲁桑的哥哥年纪相当,是个强壮的渔夫。他虽然不爱说话,却是个潜水好手,海之兄弟们称他为能像纳由古路莱塔人一样呼吸的人。岛上的人从小还不会走路就已经开始潜水,跟陆地上的人相比,他们个个都能长时间不换气潜到那深深的海底。雅塔的潜水能力则令岛上的人都不得不佩服,他像离弦之箭一样,在海里留下一道笔直细腻的白色泡沫便消失不见,这身影总让塔鲁桑神往。他虽然不爱说话,但他一笑,大家都会跟着他笑。塔鲁桑总是跟在他后面,跟他学了很多东西。

最后塔鲁桑也成了雅塔的徒弟中数一数二的潜水好手。据塔鲁桑判断,能比自己游得更远、潜得更深的只有一个人,那就是拉夏洛女孩司丽娜。

雅塔一直称赞司丽娜有天赋。塔鲁桑小时候不甘心输给司丽娜,心里很懊恼。可是司丽娜从来不炫耀自己,她性格温和,不争不抢。塔鲁桑和司丽娜都跟着雅塔学习潜水,慢慢地就成了好朋友。

有一次,塔鲁桑在漫无边际的碧蓝大海中潜水,感到自己越来越渺小,陷入恐惧之中。那时,司丽娜陪在他旁边,每当与他四目相对,都会朝他微笑鼓励。

司丽娜和塔鲁桑一起在雅塔家吃饭,一起跟小艾夏娜玩耍。小艾夏娜很像她的爸爸，平时虽然很少说话，但是只要一笑，就会绽放出从心底笑开花的笑容，真是可爱极了。

一次雅塔出海打鱼再也没有回来。那是一年前一个暴风雨的夜晚，塔鲁桑、艾夏娜的妈妈萨沙和村里人一起彻夜祈祷。谁都无法相信雅塔会在海里丧命。可是暴风雨中的大海还是夺去了健壮的雅塔和其他五个男人的生命。

现在连艾夏娜都被夺走了，萨沙该多么难过啊！

迷迷糊糊似睡似醒地熬到了黎明时分，突然塔鲁桑坐了起来。

他好像听到了艾夏娜的哭声。难道是梦？可是那哭声十分真切，塔鲁桑心跳加速，不敢相信。

艾夏娜的房间在哪里？

好像是西边尽头的那间。塔鲁桑下定决心。他下了床，心想：房门外有护卫值班，要是从房门出去他们肯定会跟过来。于是，他静悄悄地从窗户溜进了院子。

正是月落日出时分，院子里的树木带着露水，一片朦胧。等眼睛适应了光线，塔鲁桑开始小心翼翼地前行。

艾夏娜的房间也一定有护卫和侍女把守吧。但塔鲁桑并不打算进入艾夏娜的房间，他只想在窗下听听是不是艾夏娜在哭。如果那哭声确实是艾夏娜的，就说明她已经苏醒了，那她就不是纳由古路莱塔之眼，可能只是生病了。

塔鲁桑光着脚踩在草上，露水打湿了他的脚，但他全然不在意。等他摸到艾夏娜的窗外，天已经大亮了。他把耳朵贴在墙上，仔细倾听屋里的动静。

房间里一片寂静。别说哭声，连呼吸声都没有。听了一会儿，塔鲁桑皱着眉，觉得有些奇怪。要是有士兵和侍女在屋里的话，至少应该能够听到他们走路或转身的声音。可是屋里似乎没有人，至少完全听不到有人的声音。

难道不是这个房间？

塔鲁桑两只手扒着窗台，慢慢伸直身体往里看——眼前的景象让他大吃一惊。昏暗的房间里只有艾夏娜一个人蒙着眼睛站在那里，周围的地板上躺着侍女和士兵。按理说应该什么也看不见的艾夏娜却转过头来朝向塔鲁桑，然后用手捂住蒙着的眼睛哭了起来。

那哭声听起来实在令人伤心，塔鲁桑不禁被吸引，想前去安慰，便从窗户跳进屋里，靠近哭得稀里哗啦的艾夏娜。

"你醒啦？那太好了！别怕，已经没事了。"塔鲁桑边安慰着，边牵起艾夏娜的手。谁知就在他触碰到艾夏娜的瞬间，手像触电一样疼了一下，紧接着这疼痛转移到后背、头部。塔鲁桑瞬间失去了意识。

塔鲁桑晕倒了。他翻着白眼，就像一个被人牵着线的木偶，从艾夏娜的小拇指上摘下戒指套在了自己的小指上。戒指在第一个关节卡住了。

第二天一早，塔鲁桑在自己的床上苏醒。昨晚偷偷跑到艾夏娜房间的事情已经完全忘记了。他只是觉得自己的脑袋很重，迷迷糊糊无法清醒。

一边叹气一边下床的塔鲁桑根本没有发觉自己的左手紧握着什么东西。

第二章

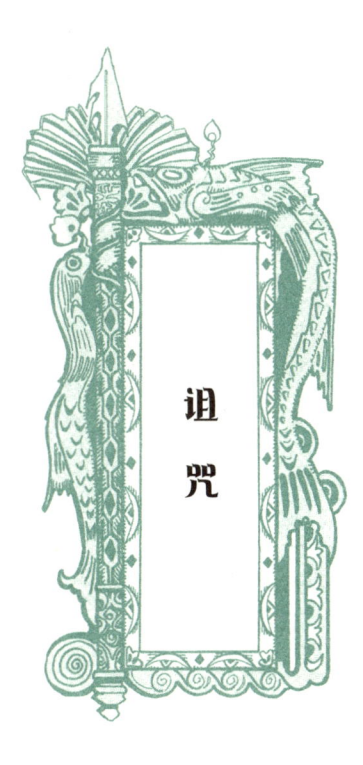

诅咒

艾夏娜就在那里，她的灵魂也在那里。可是为什么司丽娜的脑海中却浮现出像围在灯光周围的飞蛾一样的艾夏娜的灵魂？那灵魂正围着艾夏娜的身体不断舞动，尽管她的身体和灵魂如此靠近，却始终不能合为一体，真是可怜又可悲。

1 海底的庆典

司丽娜在漫天星空下独自一人驾船前进。

要是在往常，这时候她一定已经在某个浅滩抛锚睡觉了吧。但是今晚，司丽娜在星光和月光下，一边仔细观察着一个个小小的黑色岛屿的地形，一边操纵着家船的方向。

因为心里有无限心事，她根本无心寻找停泊地。

大海中根本没有可以看见的路，要想到达目的地就必须熟知星座、太阳的方向，以及航线上岛屿的地形。

如同陆地上有道路一样，海上的道路就是海潮，只不过这个道路的方向是不可改变的。如果能够顺流而行，就可以快速到达目的地。但若是逆流而行，哪怕是几个成年男人用尽全力也不见得能成功。

海潮在哪里，朝哪个方向流动呢？要去某个地方，就要知道要避开哪个海潮、搭乘哪个海潮。海上地图比陆地地图更为复杂。

这些司丽娜都知道。但以前有爸爸在身边，现在她却要自己一个人设计航路。不能漏掉一个线索，绝不能出错。司丽娜全身紧绷，整个人精神高度紧张。

况且这次不能像往常一样不紧不慢地行进。必须找到能够早一点到达都城的航路，因此必须选择合适的海潮，和风向互相配合。家船虽然比大船慢，却可以通过大船无法经过的浅滩，可以走大船无法选择的近道。

司丽娜仅仅花了两天时间，就成功地按照和爸爸来时一样的航线返回。幸亏风跟前几天一样合适，仍旧朝着那海潮交汇处吹。如果能一直利用风向，也许可以只花一个晚上就走完平时需要走两天的航程。

星空像撒满银色沙子一样……

小船破浪前行的声音和风吹打船帆的声音在无边无际的天空和昏暗的大海之间穿过。夜深之后，司丽娜的紧张感慢慢消失了。

让人几乎眩晕的无边夜空包围着司丽娜。漫天星空下驾驶着一条树叶般渺小的船，司丽娜觉得自己仿佛也越来越小，像消失在梦里一般。

也许自己真的不小心跑到梦里去了。

司丽娜看到原本昏暗的大海变成了琉璃色。

等她发觉时，那琉璃色的海水已经将她包围，抬头一看，水面竟然在船帆之上。司丽娜不觉得害怕，因为那水并没有让人无法呼吸。

小小的家船被淹没在琉璃色的水中。

推动船帆的不是风，而是那琉璃色的水流。

"这不可思议的风原来是海潮。"

司丽娜喃喃自语着。也不知是梦境还是现实，司丽娜就这样一直前行着，直到天色泛白。

"我到底走了多远啊……"司丽娜突然觉得自己好像听到了什么，她往水里一看，不由得倒吸一口凉气。

在那深琉璃色的水底有千万个灯光一般的光亮在晃动，看起来简直就像是灯火拖着尾巴在游动一般。每当那脉搏一般跳动的光亮增强时，就能听到一阵像千万金铃作响的细腻声响。铃声慢慢升高，一会儿又低沉下去，海浪也随之反反复复晃动着司丽娜。

这时，伴着铃声，传来一阵清透的歌声。

司丽娜顿时起了一身鸡皮疙瘩。

以前好像听过这歌声……

那记忆带着一种令人恐惧的感觉。

不可以听这歌声，曾经有人这样对她说，还用温暖的手捂住了她的耳朵……

就在这时，司丽娜看见琉璃色的水中出现了另一个染成铁色的海面，还有海鸟伴着尖锐的叫声在水中飞舞。

远处有几个黑点。当她发现那好像是拉夏洛人的家船时，周围的琉璃色的海水消失了，司丽娜闻到一股清晨海水的气味，眼前是一片一如往日的海面黎明景象。

六艘家船集中在海潮的潮心旋涡处，在黎明的昏暗中，他们往水里撒着什么东西。之后他们的船荡漾开来的波浪就有了闪耀的蓝绿色光亮，随着船推动的波浪的方向流进潮心的旋涡随即消失了。

"那是夜光沙虫啊。"

司丽娜在心中喃喃自语道。

她曾经在卡鲁修岛以南的卡那克群岛看到有人用夜光沙虫在夜里钓鱼。夜光沙虫是卡那克群岛沙滩常见的像沙粒一样的昆虫，退潮时躲在沙子里睡觉，等到涨潮时就闪闪发光地漂在海里。

要是晚上在这样的海里游泳，人和鱼都会被映衬出蓝绿色的光来，显得很美。卡那克的渔民们喜欢用沙虫在夜晚判断海潮的流向，或是用它吸引夜晚的鱼儿上钩。那么这些拉夏洛人应该是从卡那克群岛那边来的吧。

与四天前相比，这里的海鸟数量已经少多了，海水里也看不到多得几乎拥挤的夹钩鱼了。他们是在用夜光沙虫判断潮水的流向，好追上夹钩鱼大军。

司丽娜心想，必须告诉他们达鲁修侦察船的事，不能让他们跟自己一样遭遇不幸。

司丽娜靠近他们之后，他们用惊讶的神情看着这个昏暗中独自一人驾驶家船的小姑娘。

"这风不错啊。"

司丽娜用拉夏洛语大声问候，对面也纷纷回复同样的问候。

"请问谁是首领？"

司丽娜紧张得心里发慌，但是她仍然丹田运气，鼓足勇气发问。拉夏洛人互相看看，终于有一条家船上的一个"老人"轻轻地挥了挥手，表示自己是首领。司丽娜把船开到能与那老人说话的距离后停下，同时其他船也都靠过来。

那个首领远看像个老人，其实只是早生白发的四十五六岁的中年男人。

"我是卡鲁修岛出生的拉夏洛人，我叫司丽娜。"

那个男人只是点点头随便答复一下。

"我叫塔得。"

"对不起，打扰你们打鱼了，不过夹钩鱼鱼群已经不在这里了。"

听司丽娜这么一说，塔得粗眉一皱。

"你怎么知道？"

司丽娜舔舔嘴唇，然后开始一五一十地讲述。四天前这里有大量的夹钩鱼，夹钩鱼群顺着沙拉洛潮往西南方向游。

塔得听着她的讲述，脸上警惕的神色逐渐消失，只是心里仍然觉得，这个女孩一个人驾船这件事有些可疑。

拉夏洛人之间开始交头接耳。

"是真的吗？达鲁修军队的侦察船居然到这儿来了。"

塔得的声音压倒了其他人不安的议论声。

"是真的。那些侦察船昨天中午从拉斯岛域的无人岛出发，朝西北和东北方向去了。所以你们绝对不要往那个方向去。要是遇见了，他们可能会杀了你们。"

司丽娜的脑海里浮现出如雨点一般射来的飞箭、叔叔们的悲鸣声、妹妹拉洽的哭声，还有插进爸爸肩头的箭……她控制不住自己身体的抖动，伸手扶住船舷。

"喂，你没事吧。喂！"

司丽娜听到身后有人叫她，却无法回答。她脑袋冰冷，充斥着嗡嗡声，眼前也变黑了。

等她恢复意识，发现有一个中年女人正用手摩挲她的后背。

"真是个可怜的孩子，遭遇这么大的事。你把头放低，一会儿就好了。"

那女人的声音一听就是经常潜水的人才有的沙哑声音，她用手温暖着司丽娜的身体。司丽娜睁开眼睛，一开始周围的一切都在旋转，慢慢地视野开始恢复正常，她不仅看到了登船来帮助自己的女人，还看到把家船停靠在自己的船边，担心地望着自己的好几个人。司丽娜拼命控制自己的眼泪，现在要是哭出来就不可收拾了，她一定会像个小婴儿一样抓住他们哭个没完。

"你一定很难过。谢谢你告诉我们。你要是不告诉我们，我们肯定也会遭遇不测。别担心了，你跟我们一起走吧。我们住在卡那克群岛。离卡鲁修岛不太远。要是到了离你的同伴较近的岛，你就可以回去找他们。"

这个女人用手摩挲着司丽娜的后背，她的皮肤晒得黝黑，脸上布满皱纹。司丽娜发自内心地感激她。

"但是，我不能去卡那克群岛。"

女人眨眨眼睛看着司丽娜。

"为什么？"

"我要去都城。我要通知他们达鲁修帝国打算发动侵略战争。"

拉夏洛人不知所措，都沉默不语。

"怎么可能！"首领塔得摆出一副无语的表情，哼着鼻子说。

"像你这样的小姑娘要参与国家之间的战争吗？你试试看，你一定会像夹在两条船中间的蚜壳虫一样被弄死。你爸妈也肯定跟我一个想法。"

塔得似乎想让这个小姑娘认清现实。

"你现在还不清醒，没法考虑事情，但是你要冷静。听好了，我可以替你爸爸教你拉夏洛人的智慧和本领，什么桑加啊，达鲁修啊，都跟咱们没关系。谁当不当王咱们才管不着呢！这才是拉夏洛人。战争就是一场风暴。你要是知道风暴要来，你应该怎么办？很简单！就是逃到没有风暴的地方去就行了。我们是拉夏洛人，不是岛民。我们只要有一条船，就能去任何地方，在哪儿都能活。这海呀，大着呢！他们是想在海上画条线，跟咱们可没关系。"

这的确是拉夏洛人的思维方式。爸爸也一定会像塔得这么说吧。司丽娜当然也想跟塔得他们一起逃得远远的。

塔得又换了一种柔和的语气说："你告诉我们这个消息，就是我们的恩人。刚才阿洛说了，你就跟我们走。"

司丽娜望着塔得，慢慢地摇了摇头。

"可是我要是不履行诺言，爸爸他们会被人欺负的。"

司丽娜一点一点把其中缘由讲出来，塔得的脸扭曲了。

"那个多哥鲁也太过分了！让这么个小姑娘答应这种事。你完不成才是理所应当，他也没指望你能成功。你逃走吧，就说你失败了，他也不能把你爸爸怎么样。"

话虽这么说，可是司丽娜还是无法做到就这样逃走。

"谢谢您。可是我还是得去试试。"

塔得叹了口气，说："那好吧，真没办法。那就祝你好运吧！"

那个叫阿洛的中年女人站起身来，又劝了她一次。

"你跟我们一起走吧。"

司丽娜微笑着摇摇头。

阿洛只好低着头回到自己的船上。就在他们的船要离开时，司丽娜突然想起了什么："阿洛！"

阿洛回头看她。

"你们的夜光沙虫能不能卖给我点儿？"

阿洛跟丈夫商量了一下，分给她一小壶夜光沙虫，但不肯收钱。

"这夜光沙虫只要撒一点点就很亮，你试试，慢慢就会用了。"

司丽娜道谢后，接过看起来就像沙子一般的夜光沙虫。

要是今晚也像昨夜一样睡不着觉的话，就干脆用这个钓鱼好了。

"小心啊！你要是改主意了，就随时来找我们。卡那克群岛的伙伴们永远都会接纳你。"

司丽娜的心被这句话扯疼了一下，她朝阿洛深深低了低头，表示感谢。

他们的家船扬起帆，轻快地推起波纹，离司丽娜越来越远。

曙光映在发白的海面上，司丽娜又开始了孤身一人的航行。不知为什么，现在的她比昨天更感到孤独，积攒的疲劳感一下子全部跑了出来。对了，她昨晚几乎一夜没睡。

——但是，我有没有做梦，有没有在睡梦中拉着帆呢？

过了中午，司丽娜在一个小小的无人岛的浅滩抛了锚。她把船帆盖在船上遮挡阳光，然后钻到下面，一下子就睡着了。

她梦见了死去的妈妈。妈妈好像一个劲儿地在对她说着什么，可是雨声太大听不清楚。

司丽娜大声喊："我听不清！"

妈妈就用手把司丽娜的耳朵捂上了……刚睁开眼的时候她几乎分不清自己身处何方，因为真的在下大雨。雨打到船帆上，噼噼啪啪地响，像崩豆一样。

司丽娜把船帆掀开一点往外一看，不禁吓了一跳，原来天都已经快黑了，天空只剩落日后的最后一点昏暗的余晖，时不时划过几道闪电。司丽娜赶紧把所有的水桶都端出来接雨水，这样好几天都不用发愁没水喝了。

等到饱含雨水的黑云走远以后，司丽娜拉起了船锚。

"我得顺着诺古拉海流到达托农路岛，然后再……"

司丽娜一边喃喃自语，一边操起船舵。从卡鲁修岛到这儿的时候，爸爸走过的航路她已经走了一半，然后不去卡鲁修岛，而是往北去。她把自己全部的知识都用起来，只想早一点到达都城。反正有的是时间思考。

她把涂有蜂蜜的烤制糕点塞满嘴巴，舌尖马上就被烘烤的香气和香浓的蜂蜜征服了，脑袋里的疲倦感也一下子就消失了，就像被笼罩在梦中一样。妈妈温暖的手触摸她的感觉还清晰地留在耳边。

船帆带着风，司丽娜用手心，不，是用全身去感受这股风。船的速度越来越快。司丽娜感觉船已经顺利地搭上了诺古拉海流。

从现在开始又要在大海的中心航行好一阵子了，连岛的影子也看不到了。

漫长而又孤独的旅行。

吹动头发的海风里全是外海的冷漠味道。岛上村子附近的风里总是带着炊烟的气味，时不时还掺杂着烤鱼的香味。而这里的风完全没有人的气息……好怀念有炊烟味道的风啊，好想有个人说说话啊。司丽娜感到无比孤独，不禁一只手抱起膝盖，另一只手拉帆，抽泣起来。

不知过了多久，司丽娜似乎在风中听到一阵喧闹声。她侧耳细听，那声音像是从遥远的地方传来的人们欢聚的声音。司丽娜抬起身子，把头伸到船外一看，不禁倒吸一口凉气。

海底居然是一片花田。深色的海面和清澈透明的琉璃色重叠在一起，而那琉璃色的下面是无边无际的淡粉色的光在晃动着。散发蓝色光芒的海藻上，有粉色的花蕾晃动、闪烁着。

歌声似乎来自那花蕾的里边。每当各处传来歌声，粉色的花蕾便会像被撩拨一般晃动，时而释放出金色粉状的东西，在海中洋洋洒洒，穿过海面，升入天空。

司丽娜还能听到许多只小鸟的叫声，唧唧唧，唧唧唧。

每当金色的花粉扬起，银色小鱼群就会游进那朦胧的粉雾中去。金粉似乎是它们喜欢的食物。那小鸟一样的叫声竟然是小鱼发出来的，司丽娜大吃一惊。但发出声音的不光是小鱼，那晃动的水藻、粉色的花蕾、琉璃色的海水中的一切都在歌唱。

司丽娜这时想到从昨晚开始自己好像一直都被包围在琉璃色的海中。

海藻的深处涌出昨天看到的灯光。灯光拉着长长的尾巴，离自己越来越近。那光来到身边，碰了她一下又迅速离开。那光温柔地触碰她的脸颊，司丽娜追着它仔细观察，发现那光好像是什么生物的目光，它有着鱼一般的姿态，头发像水草一样漂浮晃动着，那没有眼皮的眼睛正看着司丽娜……

他们每次舞动，司丽娜都能听到欢快的歌声，被歌声感染着。孤单寂寞像泡沫一样消失，心里有种温暖的感觉慢慢扩散到全身。

司丽娜随着他们的歌声晃动身体，用鼻子哼着歌。她的脑子慢慢变得迷糊，却感觉很舒服，身体里充满了泡沫一样快乐的歌声。

要不是那时候看到有一个女孩在粉色的花蕾后面，司丽娜的灵魂肯定就那么被不可思议的大海带走了。

当司丽娜看到那愉快歌唱的女孩的脸时，她的心一下冰冷起来。

"……艾夏娜！"

司丽娜不禁呼喊。

"艾夏娜！艾夏娜！"

司丽娜的声音变成白色的泡沫在琉璃色的水中飞舞，拂过那满不

虚空旅人

在乎、只顾唱歌的女孩的头发。女孩感到惊讶，缓缓地睁开眼，看到了司丽娜。

女孩的眼中有了光芒，却十分黯淡，随着像鱼一样的水之居民的歌声很快又消失了。

司丽娜不希望那光熄灭，于是拼命喊她的名字。司丽娜现在想起来了，以前她也听过这歌，大概六岁的时候。晚上航海的时候，在海上听过这歌。那时妈妈用温暖的手遮住了自己的耳朵。

"你能听到对吧？不能听哟。那是纳由古路莱塔引诱人的歌声。你要是被引诱了去，就会丢了自己的魂，永远留在海里唱歌了。"

当司丽娜回忆起这段往事时，眼前的景象变成了两个重叠的世界。

深色的大海和琉璃色的大海无边无际。司丽娜的船浮在深色的大海上。

司丽娜倚在船舷上，像要把自己榨干一样拼尽力气喊："艾夏娜！我是司丽娜，知道吗？你妈妈在等着你呢。你快醒醒！"

船缓慢地经过艾夏娜所在的花田。艾夏娜似乎抬起了脸，皱着眉头。司丽娜继续拼命大声呼喊，争取盖过纳由古路莱塔人的歌声。

"艾夏娜！艾夏娜！你过来！你待在那儿会死的！"

艾夏娜的眼睛明显地转动了一下，她终于看清了司丽娜。

艾夏娜的嘴巴似乎在说"司……丽……娜"，这时艾夏娜的额头射出一道白光，慢慢地，那道光变成了白色的丝线。

司丽娜哪里会知道，那白色的丝线是捆绑艾夏娜的灵魂和肉体的生命之线。

艾夏娜像被那丝线牵引，从琉璃色的水中腾空而起……

2 恐怖鱼叉

庆典举行到了第四天的早晨，宴请宾客的早餐摆放在珍宝馆的大厅里。珍宝馆的整面墙上都摆设着各种宝物，桑加国王和卡鲁南王子向宾客们逐一介绍这些宝物的来历，展示着王室的历史。

还没到中午，房间里已经让人感觉到炎热。珍宝馆的窗户相对较少，有一排侍女站在墙壁前面用大大的蒲扇给宾客们扇风，但效果不佳，只是在搅动闷热的空气而已。

尽管如此，由于桑加王室靠海运发家，秘藏了很多珍宝，让宾客们甘于忍受闷热，仍然津津有味地议论着那些宝贝。

让客人们眼前一亮的不仅有美丽的宝石，还有那各种各样多姿多彩的依次排列在墙壁上的鱼叉。有的鱼叉上镶嵌着珍贵的宝石，还有的鱼叉手柄上居然有荆棘一般的铁刺，不知道让人如何使用。

"这虽然是野蛮的武器，但是这才是能够代表我们王室真正历史的宝贝。正如各位所知，我们伟大的祖先原本是英勇善战的……海盗。"

桑加国王的声音带着笑意，客人中也传来笑声。

查格姆也跟着笑起来，边笑边看向站在国王身边的塔鲁桑王子。塔鲁桑王子的脸上居然没有一丝笑意。不仅如此，他还皱着眉，似乎在艰难地忍受着什么痛苦。

塔鲁桑王子与昨天判若两人，让查格姆感到一阵不安。

还有一点，查格姆觉得那个在大厅中间的蒙眼女孩有些奇怪。虽然她蒙着眼睛，但查格姆还是觉得她好像在隔着布盯着他。与昨天的一股纳由古的水的气味不同，今天他反而更在意她的视线。

塔鲁桑正苦于身体所受的折磨。天气闷热，父亲和哥哥的声音听着都像噪声，真想赶快离开这里，到水里游一下也许能够稍稍舒服一些。父亲在那里啰啰唆唆地说什么啊！老天，让他快点儿闭嘴吧……

从早上一睁眼，塔鲁桑的耳边就一直响着像马蜂飞舞时发出的嗡嗡声。这声音让他心烦得要命，恨不得这一刻就要爆发。塔鲁桑拼命地克制自己。

宾客当中有一个人指着大厅对面的墙问道："这些鱼叉都在实战中用过，那个大鱼叉也是吗？"

客人们回头一看，那是一个用铁做成的比人还高、比小孩的胳膊还粗的鱼叉。

"当然，当然！"

桑加国王豪爽地回答。

"您这个问题问得好！这是我们桑加王族有史以来最为勇猛的萨达鲁王子用过的鱼叉，也被称为恐怖鱼叉，因为船舷一旦碰到它，就会被戳出一个大洞。"

宾客们礼貌地点了点头。桑加国王感觉到大家有些半信半疑，咧嘴笑了。

"看来大家还有些怀疑，这也可以理解。一般人举起它都很困难，要再想把鱼叉投掷出去，那恐怕肩膀都要脱臼了。举也好，投也好，都需要技巧。对吧，塔鲁桑？"

没想到父亲突然提到自己，塔鲁桑抬起头。

"你给大家演示一下鱼叉的用法。"

宾客们开始骚动。再怎么魁梧，塔鲁桑王子毕竟也只是个十四岁的少年，怎么可能用得了那样的鱼叉呢？

宾客们的质疑声使塔鲁桑感到愤怒。

这帮笨蛋，以为我拿不起那鱼叉吗？

塔鲁桑连礼都没施就从席上站起来，脚底生风般径直朝鱼叉走去。

坐在查格姆身旁看着这一切的萨鲁娜眼睛里有些阴云。塔鲁桑虽然面无表情，萨鲁娜却能够看出他在压抑着怒火。心里虽然有些担心，但更多的只是不解。

塔鲁桑原本应该双手取鱼叉，可这次居然只用一只手去抓。鱼叉比想象中还要沉重，他差点儿倒在地上，赶紧用尽全身力量去扶住鱼叉。这时，他突然听到身后有个人失笑出声，是自己的哥哥卡鲁南的声音。其实并没有人笑，塔鲁桑的耳朵却分明听到了卡鲁南的笑声。

一瞬间，塔鲁桑的血液涌上头部，原本一直忍耐着的烦躁全部涌了上来，巨大的愤怒使得他眼前一白。

塔鲁桑重新抓好恐怖鱼叉，把它扛到肩上，转身的同时发出一声怒吼，使出全身力气……朝哥哥掷了过去！

一时间大家都不知发生了什么，只见沉重的鱼叉哐当落地，卡鲁南王子左肩流血，整个人被撞飞，深深地嵌在墙里。

卡鲁南王子的血溅在桑加国王的脸上，国王和客人们都过于震惊，一时间竟没反应过来，只是盯着卡鲁南王子。很快，人们像蜂巢里的蜜蜂一样躁动起来，在这骚动中，只有因投掷鱼叉右肩受伤倒在地上的塔鲁桑王子和在大厅中央的纳由古路莱塔之眼像时间停止了一般一动不动。

"卡鲁南王子情况如何？"

查格姆问给他送午饭来的萨鲁娜。萨鲁娜本想尽量平静，但在查格姆眼里，她那努力让自己平静的样子反而显得很可怜。

"对不起，让您担心了……托各位的福，没有性命危险，但是具体情况还不清楚。"

萨鲁娜嘴唇颤抖，紧咬着牙，努力回答。

"桑加王室多名医，但如果不嫌弃，请让修加也尽些微薄之力。他是观星博士，也有很好的医术。"

听到查格姆这么说，萨鲁娜抬头看向站在查格姆身边的高个子年

虚空旅人

轻人。这个看起来十分精明的年轻人马上施了一礼。

"谢谢……那就劳您午膳之后，如何？"

萨鲁娜说完，就传来一阵香格拉姆笛的笛声，桑加国王驾到。交头接耳的人们立即安静下来注视着国王。国王向宾客们深深低头说："各位，我对此番失态深表歉意。各位远道而来专程参加敝国庆典，却发生这样的意外，我实在是愧疚得无以言表。"

说这话时，国王的声音虽然没有像往常那样带着笑意，但仍然很沉稳。

"幸亏卡鲁南未伤及性命，胳膊也保住了。"

宾客中传来略感放心的感叹声。

"谢谢各位。不过现在无法再继续举行新王即位大典，我想原因各位一定能够理解。"

新王哪里还能即位，万一情况恶化，桑加就会失去国王。不仅如此，塔鲁桑王子也会因杀害王兄之罪受到处罚，到时桑加王室就一个王子都没有了。

现在国王站在这里掌控大局，向宾客们说明情况，但此刻他的心中一定非常失落。不过，国王终究是国王，他完全没有露出破绽，而是为宾客们的旅途劳顿致歉，并送给每位宾客一株价格昂贵的珊瑚。

虽然国王说宾客们可以再多待几天，但是既然庆典都终止了，各国的国王和王子们哪好意思还赖在这里不走，只不过赶上桑加王室出了这样的大事，大家都很想知道情况究竟会如何，因此也有意留下来打探些情报。至于到底什么时候回国合适，客人们小声交换着意见，午餐都用完了，讨论还没结束。

"塔鲁桑王子现在在哪里？"

查格姆犹豫再三，终于还是低声问了萨鲁娜这个问题。萨鲁娜用平静的声音回答："在治疗室。他右肩受伤了，需要接受治疗。等处理好了伤口就会被送到岩洞牢房。"

"我还是觉得不可思议。"查格姆不禁脱口而出，"塔鲁桑王子的确是个血性男儿，但是再怎么也不至于做出那种事。我觉得很不对劲。"

萨鲁娜望着查格姆，脸颊泛红，眼睛里闪着感激。

"谢谢您能这么想……我也有这种感觉。"

萨鲁娜生怕被人听到，尽量把声音放低。

"他表演比武的时候冲撞了您，他有时候冲动起来是有可能做出这样的事……可是再怎么样也不可能拿鱼叉扎自己的哥哥。不可能！"

萨鲁娜的话匣子似乎打开了，继续说下去。

"他会做出那样的事情实在蹊跷。今天早上我看他一直呆呆的，就觉得很奇怪。"

"这一点我也发现了。他跟昨天判若两人。我以为是因为身体不适。"

萨鲁娜眼睛一亮。

"真的吗？我还以为只有我有这种怀疑，看来不止我一个。但不管什么理由，他用鱼叉扎哥哥这件事是事实，无法改变。"

萨鲁娜真想大声哭泣。她一想到等待弟弟的命运就悲痛满怀，只是不能在别人面前表现出来。

查格姆看到身体微微颤抖的萨鲁娜，很想用手碰一碰她的身体安慰一下，但那是不能在别人面前做的事。

卡鲁南王子的伤口让医生们一直忙到深夜。恐怖鱼叉击中卡鲁南王子的左肩胛骨，插进肌肉深处。卡鲁南王子由于过度疼痛失去了意识，但所幸没有伤到大的动脉和静脉，命算是保住了。

修加奉查格姆太子之命，午膳后就一直帮忙照看卡鲁南王子。桑加的医生医术高明，修加一直饶有兴趣地观察他们的治疗，时间很快就过去了。只是桑加的药物种类不多，无法与新约格王国相比。修加提供了一种能够缓解疼痛的草药，疗效甚好，让桑加的医生们刮目相看。

治疗室的房间四角都有海母圣堂的祭司在低声念唱祈祷。尤其是退潮时分，祭司们的祈祷声尤其洪亮，他们努力地祈祷是为了不让王子的灵魂被吸到海里去。

等卡鲁南王子的状态逐渐趋于稳定，已经到了夜半时分。修加接受医生致谢后，准备返回自己的房间。

就在仆人带他走过长廊准备回到客人专用的寝殿时，前面的房间里传出呻吟声。仆人打了个激灵。

"这是什么声音？"修加用桑加语问道。

仆人看着他回答道："那是塔鲁桑王子的治疗室。"

原来如此。举起那么重的鱼叉又那样扔出去，肩膀肯定会受伤。

不过，为什么不给他用止疼药呢？就算是罪人，就这么让他疼下去也未免太残酷了……

但是，修加并不想过分干涉桑加王室的内部事务。他知道查格姆太子很关心塔鲁桑王子的事情，所以就更加告诉自己不能过分插手此事。况且查格姆太子跟一个杀害王兄的王子来往，对他也不会有任何好处。

可是就在修加经过塔鲁桑的房间门口时，大门哐的一声打开，从里边跑出一个慌张的士兵，身影很快就消失了。修加从打开的大门往里看，不禁惊呆了——四个士兵都按不住塔鲁桑，被他一个人拖着走。刚刚跑出去的那个士兵就是去喊援兵的。

塔鲁桑的样子简直就像个恶鬼，他口中冒泡，疯子一般地折腾。他肩上缠着厚厚的绷带，如此严重的伤势，他却似乎根本感觉不到疼痛。

这种情况就连修加也实在无法视若无睹了。

他想试试特洛盖伊教给他的一种咒术，这种咒术可以让得了失心疯的人昏倒、安静下来。修加口中默念咒语，将全部意识集中，将渐渐涌出的力量集中在自己的右手掌心。然后他走近那些士兵，假装伸手帮忙去抓塔鲁桑，实际上却故意将右手放到了塔鲁桑的额头上。

一瞬间，塔鲁桑就像断了线的木偶一样瘫倒在地，但同时，修加的右手也感到一阵剧痛，不禁令他倒退了一步。简直就像被肉眼无法看到的荆棘扎到手了一样，修加的鼻腔里甚至可以闻到一股烧焦的恶臭味。

修加赶紧解开咒语，以防自己的灵魂沾染上那股恶臭。

这不是多鲁卡之根被烧焦时的气味吗！

修加气馁地看着塔鲁桑。这味道以前他只闻过一次，特洛盖伊大师告诉他这是遭蛊毒控制的人的灵魂才有的气味。

有些心术不正的咒术师会收人钱财向人施蛊术。这种情况下，他们会把多鲁卡之根烧焦用来下咒，被下咒的人会按照咒术师的意志行动，时间长了会丧失心智，变得像一头野兽一样疯狂。

错不了……塔鲁桑王子一定是被人下蛊毒了。

修加全身汗毛倒竖。昨天王子还好好的，到底是什么时候，又是怎么被下的诅咒呢？

士兵们一边擦汗一边看看倒在地上的塔鲁桑王子，他们用询问的表情望着修加。修加摇摇头表示自己也不知道，并用桑加语说："他可能兴奋过头晕倒了。你们先把他抬上床吧。"

刚才出去找援兵的士兵一定会带着更多的士兵回到这里。修加脑子里飞快地思考自己该怎么办。就算塔鲁桑王子是被人陷害，那也是桑加王室内部的阴谋，与他无关。他应该趁着士兵们还处在混乱之时离开此地。

不过，他心里还是放不下一个问题：到底是谁用多鲁卡之根下咒的呢？

特洛盖伊大师教给他这个法术的时候告诉过他："用多鲁卡之根施咒这种方法并不是亚库人的咒术师的传统技法，而是你们约格人来到那约罗半岛的时候带来的方法。"

当时听她这么说，修加还嘲笑说："怎么可能……我们约格人哪里会什么咒术啊。约格人就会我学的这种天道，也不是什么咒术。那肯定是误传。"

特洛盖伊大师表情严肃地摇摇头，说："不。你们也许已经忘记了，远古时你们约格人从南方大陆来到这片土地的时候，的确有咒术师在其中，但不知何时他们跟我们亚库人的咒术师混在一起难以区分了，后来也就逐渐淡出江湖了。"

难道桑加王国也有用多鲁卡之根施咒这种方法吗？

如果这真是约格人带来的咒术技法，那么到底是谁，又是用什么方法做到的呢？在这王宫之内到底是谁在谋划着阴谋……

修加感到不安，那感觉就像看到自己床下爬出一条毒蛇一般。阴谋虽然指向桑加王室，但仍然让修加寝食难安。只要有这种施咒的人存在，这里就不可能百分之百安全。不知道塔鲁桑之后，他们又要操纵谁，谋划怎样的阴谋。

必须查清楚到底是什么情况。但又不能让桑加方面察觉，且要避免不必要的误解和怀疑。修加走近塔鲁桑的床，假装关心塔鲁桑的病情，两只手放在塔鲁桑冒出桑密密麻麻汗珠的额头上。

修加绞尽脑汁地回忆特洛盖伊大师教给他的寻找咒根的方法。特洛盖伊大师认为，要想对一个人施咒以控制对方，必须先在那个人身上植入一个咒根，通过咒根向对方下达指令。

修加必须在士兵们感觉他行为可疑之前找出咒根才行。他的手快速从塔鲁桑的肩膀移动到胸部，在手移动到腹部和手臂附近时，多鲁卡之根烧焦的气味越来越重。

修加睁大眼睛——他看到了一枚小小的贝壳戒指，一枚深深嵌在塔鲁桑王子小指上的一枚小戒指。

哦……这个就是咒根。

身后传来嘈杂声，应该是士兵带着援兵赶来了。趁着旁边的士兵回头招呼，修加口中默念咒语，戒指一下子从塔鲁桑的小指上脱落下来。就在那一瞬间，修加感觉有人在黑暗中注视着自己。但是还来不及看清，那东西就消失不见了，同时贝壳戒指的诅咒也消失了。

那个人一直在用咒根窥视着啊……

修加想起那双黑暗中的眼睛，不禁身体发抖，因为那是一双无比残酷的眼睛，一双看着别人惨死而感到愉悦的眼睛。

修加觉得自己十分渺小。尽管特洛盖伊大师教了他一些咒术，但自己会的只是些皮毛，根本不是能使用这种咒术的人的对手。

查格姆听见卧室对面的外间有门响的声音，从浅眠中醒来。天还没亮，屋里一片漆黑。

他知道那是修加回来的声音，就披上一件外衣坐起来，然后摇响呼唤修加的铃铛。很快房门打开，修加进来了。

"实在抱歉，把您吵醒了。"

"没事，反正也睡不踏实。点灯吧。"

修加把丝路贝灯点燃，灯光中现出修加的脸庞。

假装淡定的修加却掩饰不住眼睛里的疲劳。

"卡鲁南王子的情况稳定了。正常的话，应该不会有生命危险。"

"是吗……辛苦你了。回头再细说吧，快退下睡觉吧。"

查格姆发现修加眼睛里有不安的神色，皱了皱眉，问道："发生什么事了吗，修加？"

修加望着查格姆，好久才眨眨眼开口说："殿下……塔鲁桑王子被人下了咒。"

"什么？下咒？"

修加就一五一十地把塔鲁桑王子被下咒的情况和其中的隐情都做了汇报。查格姆听得仔细，双眼盯着修加。听完他说的一切，查格姆马上下床，也不叫人服侍就自己开始换下睡衣。

修加感到十分意外。

"殿下，您这是干什么？"

"我得去做我该做的事，我知道你不忌讳诅咒这种事，是考虑我的安危。你有这份心我很欣慰。"查格姆炯炯有神地盯着修加说，"但是，两个王子都成了阴谋的目标，我不能坐视不管。"

"可是，多鲁卡之根……"

查格姆有些烦躁地打断他："这个我知道。但是连多鲁卡之根的咒术到底是只有约格人才有的技法还是桑加人也有的技法都不知道，怎么能查出真相？与其在这里猜测，不如干些实际的。"

"这……那殿下您是要跟桑加国王说穿这件事？"

"是的。我知道你肯定反对。如果说桑加王国没有人用多鲁卡之根这种咒术，那就说明有约格人参与阴谋。王子被下咒的目的和方法如果不搞清楚的话，就如同在黑暗中不知道毒蛇的牙往哪里咬。"查格姆说得很快，修加无从插嘴，嘴里的话一时被堵了回去。

"殿下，您说的我都明白，可是下咒这种事本身就难以说清，就像浑身滑溜溜的毒蛇一样无从下手，很难抓住，也无法拿出大家都认可的证据来。比如说，我刚才说咒根是这枚戒指。"

修加把戒指拿出来转了转。

"可是这只不过是枚贝壳戒指。塔鲁桑王子朝卡鲁南王子扔鱼叉这件事却是确凿无误的。"

修加看着查格姆，用平缓的语调继续说："桑加王室现在面临着前所未有的危机，发生了王子杀王子这种兄弟相残的事情，如果能够找到可以改变事实的证据，王室一定会欢迎……可是殿下，像下咒这种事，桑加国王会不会相信，会不会下令调查，这可是很难预料的啊！"

查格姆皱皱眉，说："为什么？"

"只要能让自己的王室没有问题、保持清白，我相信桑加国王一定会不惜任何代价。下咒这种根本无从查出真相的事对于身在悬崖的他们来说，正是上天赐给他们的解药——他们一定会把罪名加在我们身上的。"

查格姆听完这番话脸上现出一副恶心的表情，他避开修加的眼神，望着丝路贝灯。好一会儿，他才慢慢收回视线，看着修加。

"好吧，那这次先不跟桑加国王说。"

修加紧绷的身体松了一瞬，但马上又直起腰来。

因为查格姆快步上前逼近修加，并用严厉的目光审视他。

"修加，我要你答应我一件事。今后你再发现阴谋的时候，绝对不要做出为了保护我而隐瞒阴谋的事……你不要让我成为那种明知阴谋存在却坐视不管、放任阴谋害人的人。"

这话如同一柄出鞘白刃抵在修加的胸口，使他感到震惊。他以为，国家政治不过是表面文章，人情也不过是一种工具。然而这位太子的身上却有着光润玉石一般高洁的东西。查格姆太子等于在质问他：玷污太子又何言保护太子呢？

"是，我发誓不做那样的事。殿下。"

修加不知怎的就这样回答了太子。

3 幕后操纵者和被操纵的傀儡

一个男人蹲坐在昏暗的山洞里，微微转动了一下身体。为了保温，他全身裹着布，只露出一张脸，从这张脸能看出他就是卡鲁修岛岛主接待过的那位客人。

他的名字叫作雅特诺伊·拉斯古。表面上看，他是商人，实际上他是在南方大陆多年战乱中脱颖而出的达鲁修帝国的密使，他一直和桑加王国的各个岛屿的岛主们保持往来。

在过去的两年里，为了让岛主们信任他，他跟岛主们做了多笔生意，岛主们尝到了不少甜头。要跟与桑加王室有直接关系的高层接触，骗过他们的眼睛，获得他们的信任，可不是一件易事，以至于需要两年那么长的时间。

拉斯古说服岛主们，让他们相信：与北方大陆相接的桑加王国已经没有更大的发展空间了。如果能成为南方达鲁修帝国的自治领地，就可以开拓比现在更多的商路，与南方诸国通商。那样比躲在桑加王室这块盾牌身后获得的利润更为可观。

事实上，桑加人心里非常清楚南方大陆的富饶，也惧怕其强大的军事力量。在此之前，南方大陆诸国互相争斗，所以不必担心他们会攻打北方。但近几年形势有了变化，之前的制衡局面被打破了。

达鲁修帝国独霸一方，力挫群雄，以排山倒海之势依次吞并了其他王国。尤其是靠近南方大陆岛屿的岛主们，已经开始感觉到比桑加王国更为强大的达鲁修帝国的气息。这时候，拉斯古给他们带来了一个解决方案，不是武力征服，而是让南方诸岛成为达鲁修帝国的自治领地。

达鲁修帝国考虑的是尽量不浪费自己的军事力量，将桑加王国和平纳入自己的统治之下。达鲁修帝国在南，要向北方的大陆发展就需要纵贯雅鲁塔西海，将这条航路作为近道。如果能拿下统治着这条航路上所有岛屿的桑加王国，就能够获得朝北方进攻的有利通道。雅鲁塔西海的这些岛屿无疑是扳倒桑加王室的绊脚石，但若能化敌为友，反而能为自己所用，更容易达到目的。如果能通过谈判的方式把统治这些岛屿并且位于北方大陆边缘的桑加王国的军事要地收入囊中，可比从南方大老远将自己的军船开过来打仗的效果要强得多。

达鲁修帝国最幸运的就是赶上了桑加国王的弟弟约南大将军病逝。约南大将军德高望重，在王国军队和岛主部队中都极受尊敬。他本人就是维系各个岛屿统一的重要人物。约南将军的病逝，使得各个岛屿原本紧密的军事联系开始渐渐松散。

达鲁修帝国打算找一个岛主作为首领，秘密集结各岛的军事力量，与桑加王室对抗。这是达鲁修帝国在侵略其他国家时惯用的手法，也就是利用对方国家中对统治者不满的势力来扳倒统治者。

所以约南死后不久，拉斯古就被派到岛主们的内部，开始秘密调查应该选谁当反对势力的首领。可是，拉斯古观察了一段时间，慢慢意识到原计划行不通。因为岛主们的独立意识很强，他们并不信任其他岛主，而且他们对现在桑加王国的统治也没有太大的不满。他们最关心的是自己的生意如何赚更多钱，并没有代替桑加王室的想法。

只有卡鲁修岛的岛主阿多鲁有些野心，稍加煽动或许可以成为首领，但是他并不具备团结其他岛主的气度，而且他在军队中的威望也不好说。拉斯古敏锐地感觉到，他的威望可能还不如还是个少年的塔鲁桑王子。塔鲁桑王子身上有着某种能让士兵们想起约南大将军的人格魅力，他已经在士兵当中树立起相当高的威望。

况且阿多鲁的夫人还是当今桑加国王的长女卡丽娜公主。这个卡丽娜公主比阿多鲁更精明，她已经察觉到丈夫的阴谋。正在拉斯古担心现在的计划很快就会被识破的时候，一个意想不到的机会出现了。

纳由古路莱塔之眼。这应该是天意吧。

魂魄不知飞到哪里去了的小姑娘，谢天谢地，正好可以借她的身体来完成一些事。反正她最后也要被扔进大海，就算在她身体里留下什么破绽也不会被发现。

拉斯古闭上眼睛，嘴角露出微笑。

现在看来，事态基本上都成功地按照他的计划发展。鱼叉没有刺死卡鲁南真是遗憾，不过能够做到这一步，后边也就差不多了。真是意外地幸运。没想到自己能够一举对王室的心脏下手……

拉斯古在对纳由古路莱塔之眼施咒的同时，飞鸽传书给达鲁修帝国的海军。这时候侦察船应该已经在侦察桑加王国航路的途中了，帝国的海军总队应该也已经严阵以待，守在桑加王国最南端的萨刚群岛附近待命了。

如果在杀死卡鲁南王子的同时，塔鲁桑王子被处以极刑，岛主们蜂拥而起，就可能一举击垮桑加王国。尽管岛主们并不一定全部都归顺帝国，但只要王室领导者死了，没有人统一发号施令，雅鲁塔西海的那些小岛也不过就是些孤立的小岛罢了。

只要达鲁修帝国发动海军，在桑加王国调整好态势之前不断地发起进攻，桑加人到底还是懂得利弊的敏锐商人，看到形势不利自然会低头服输，归顺帝国吧。

还要多亏可怜的桑加国王只有两个儿子……不过多了倒也不见得好，会内乱不断。

拉斯古想起遥远南方的祖国。那是古老的约格王国，王子们争权夺位从不间断，最终被达鲁修帝国吞并。

这是多么滑稽的事情。在那么遥远的过去，竟然有人抛弃自己的祖国跑到这种偏僻的地方扎根，却依旧号称王国。

拉斯古想起刚才只看到了一眼的那个年轻人的脸，这样想着。那个年轻人的脸庞确实有约格人的特征。他的基因一定是在漫长的历史过程中与其他民族融合了吧。他跟拉斯古这样的纯正约格人的长相还是不太一样。

查格姆太子就和那个年轻人不同，不愧是王室后裔，那是一张血统完全纯正的脸啊。

拉斯古想起透过咒根看到的查格姆太子的脸。经过漫长的时间，却仍旧保持着血统，约格王族还真是坚强，简直坚强得让人作呕。

这帮寄生虫！在温室里由别人保护才得以生存的大青虫！

说到底不还是为了一己私欲毁掉整个国家的王族末裔，他身上流着的不还是那个王族的血。

约格王国的咒术师地位很低，受人轻视。这一行被看作靠诅咒别人赚钱的肮脏职业。

约格人总是用高洁和肮脏的标准来看待事物。这世上最高洁的就是圣者国王和约格王室的族人。由贵族到平民，身份等级越低越肮脏。平民们甚至认为自己若是看了王族的眼睛就会失明。

咒术师属于等级之外的人士。他们既是与死亡有着密切关系的肮脏者，同时又具备把灵魂从死亡之潭里召回的力量。最肮脏的人拥有最大的力量，不在诸等级之列。既拥有令人惧怕的得人钱财与人消灾的咒术，又不招人待见，也当不了医生的人，最后往往沦落成咒术师。

王族和观星博士代表神圣的力量，总是生活在光芒之中。与之相反，咒术师无论怎样帮助了别人，也只能待在黑暗中做一辈子肮脏之人。

这一点达鲁修帝国的人考虑得就比较简单。他们只考虑此人有用还是无用。这是最重要的。拉斯古在达鲁修帝国统治之后反而更能发挥自己的才能，自己的空间更加广阔了。尽管他对达鲁修帝国也并没有什么忠心，但是只要自己的能力能够得到认同就好。

他在桑加设计的蓝图已经成功地开始让某些人流血了，血必然会再引起流血。血一旦流出，就如同排在一起的棋子接连倒下，纷争不断，死亡不断。制造这样的混乱才是保证阴谋得逞的关键。

尽管自己下的咒被人发现了这点出乎意料，但也不影响大局，因为纳由古路莱塔之眼的肉体仍然可以供他自由操纵。

拉斯古对于自己的计划完全不担心。那个看出他下咒的年轻人貌似多少会点儿小伎俩，但是他居然拿着咒根都不会对施咒的人施反咒，如此稚嫩，根本不足为惧。

他除了每隔一段时间必须回到肉体维持自己的肉身以外，其他时候灵魂都在纳由古路莱塔之眼的身体里，观察自己的阴谋如何发展。当必须离开纳由古路莱塔之眼的身体时，他还会设下禁区防止其他灵魂闯入。

拉斯古把身体留在岩洞里，微笑着分离出灵魂，再次飞回纳由古路莱塔之眼的肉体中。

从拿鱼叉杀哥哥那天起，塔鲁桑像死了一样已经昏睡了两天。祭司向国王禀报说是伤势所致。可是不管推还是晃，他完全没有一点点苏醒的苗头，完全陷入昏睡，也不知是何原因。只有修加知道这奇怪沉睡的原因。

修加注意到查格姆太子也很想知道，就告诉他说："就像身体受了伤一样，塔鲁桑王子的灵魂受到邪恶意志的支配，也需要花些时日才能恢复。"

各国的王侯们还留在王宫里没走。桑加国王决定在五天以后的月圆之日举办"送别仪式"盛大宴会，将纳由古路莱塔之眼送回大海，把所有霉运扫除干净，仪式之后就送宾客们回国。

五天以后是个微妙的时间，因为那一天应该是塔鲁桑王子可能被处以三日法的日子。

所谓三日法，是最重的一种刑罚，意思是企图谋害王族的人自宣判之后三日之内一律处死，无论有何种理由都必须执行。

审议的结果如何？会不会将苏醒后的塔鲁桑王子判处这种刑罚？卡鲁南王子的情况又如何？桑加王室未来的权力结构图就此将发生巨大的改变，其结果可能就在这五天之内揭晓。所有宾客都期盼着塔鲁桑王子赶快醒来。

果然，在恐怖鱼叉刺中卡鲁南的第三天早上，塔鲁桑苏醒了。

苏醒后的塔鲁桑发现自己的身体被绑在床上，有些懊恼地问："这是干什么啊？"

他想挣脱绑着自己的宽皮带，却感到右肩疼痛，呻吟了一声。他好像受伤了，伤口似乎还被包扎上了。

他看看旁边，站在墙边的士兵像监视一个罪大恶极的犯人一样看着他。这是怎么回事？难道自己正在做噩梦吗？

"你们赶快把我放了！怎么都待着不动？"

士兵们感到为难，面面相觑。

塔鲁桑拼命思考这到底是怎么回事。

昨晚的宴会上，自己好像喝得有点儿多。不，不可能。我记得好像回到自己的房间了。

他还模模糊糊地想起艾夏娜的事情，可是之后发生了什么却完全没有印象。

我就在自己的屋里睡觉……结果醒了就受伤了，还被绑起来了。

"你们谁给我解释清楚！为什么把我绑在这儿？"

士兵们商量了一下，终于有一个人离开了房间。

过了好长时间，走廊传来几个人的脚步声。头顶传来开门声，似乎进来了几个人。

父王、姐姐们、婶婶们，还有她们的丈夫岛主们依次来到床边站住。最后，记录判决结果的书记员也来了。塔鲁桑感到大事不好，心脏紧缩，十分不安。所有人都用严肃的表情注视着塔鲁桑。过度的紧张使他产生了耳鸣。

这一定是梦。快醒来。这梦太可怕了。

"塔鲁桑。"国王开口了。父亲的声音没有一丝往日的开朗和豪气,而是冷得像冰一样。

"你现在所说的一切都将成为呈堂证供,要慎重回答。"

"父亲,等一下!"塔鲁桑大叫,"你们先告诉我到底发生了什么事,我为什么要被关在这里?!"

他发现大家听了他的话全都面面相觑。

"我根本不知道怎么回事,一睁眼就变成了这样,然后……"

"难道你想说你完全不记得自己做了什么吗?"

父亲冰冷的语气让塔鲁桑感到极度不安,他感觉自己的胃都缩成一团提到了嗓子眼。

"是……我到底……做了……什么?是不是我喝醉了不小心打伤了人?"

姐姐们一片哗然。国王脸色发青,极其愤怒。

"我真没想到你竟是这么卑鄙的人!我们本以为你会以自己轻率为耻,主动请罪,你竟说你是喝醉了才伤了人?你以为你不记得就可以逃避惩罚吗!"

塔鲁桑第一次见父亲如此生气。

"你醉得失去记忆然后就可以拿鱼叉打伤你的哥哥吗?"

塔鲁桑听到这句话就像被雷击中一样,他睁大眼睛盯着父亲的脸。

"父亲您刚才说什么?我用鱼叉打伤了王兄?"

屋里的确没有卡鲁南的身影。塔鲁桑心脏紧缩，呻吟一般地问："我……拿鱼叉打伤了哥哥？"

国王气得浑身哆嗦，好久才发出声音。

"你用恐怖鱼叉打伤了卡鲁南！在我们和所有宾客的面前！你想要他的命，不然那鱼叉也不会到现在还插在墙上拔不出来！你明白吗！"

嗡的一声，塔鲁桑耳鸣了。

"我要杀王兄？我？是我吗？"

塔鲁桑感到体温下降，心脏快速跳动得能听到咚咚声。他眼前发黑，周围的一切都在旋转。他拼命调整呼吸。

"你，还是说你不记得了是吧？"国王气得声音都嘶哑了，"我们来是想听你说说你为什么会做出这样的事来，看来是白跑一趟！"

塔鲁桑看了看父亲的脸，又看了看姐姐们的脸。只有一个人露出了关心他的表情，那个人就是萨鲁娜。

"请相信我，父亲……我不是卑鄙小人，不是为了找借口才这么说的。我是真的什么都不记得了！"

国王缓缓地摇了摇头。

"……你真是个不知羞耻的男人！"

萨鲁娜把到了嘴边的话又咽了回去。她想说那怎么可能。塔鲁桑虽然性子急，但绝不是那种明明犯了罪却硬说不记得妄想逃脱处罚的少年。他这样的表现也许说明他是真的不记得了。他不可能有这么逼真的演技。她避开塔鲁桑的眼神，避开那种发自内心的惊慌失措、想要向她求救的眼神。

"事情不可能就这么过去。对未来国王做出此等大逆不道之事，所有的宾客都看在眼里……只能按三日法处置。弟弟对兄长的忤逆行为如不严惩，日后必留祸根。"

父亲的话如同一只无情的鹰爪抓住了萨鲁娜的心脏，她不由得痛苦地呻吟。

在场的人们没想到国王竟然会如此明确地宣告对塔鲁桑的刑罚，全都失了声。塔鲁桑的眼睛像熄灭了的火焰一样变得呆滞了。

"视作反叛者处理。在练兵场把本王的意思传令给塔鲁桑的卫兵。"

卫兵们把塔鲁桑从床上扶起来，将他的双手绑在身后，塔鲁桑面无表情地任其摆布。卫兵们架着他穿过昏暗且漫长的走廊，直到到了王宫广场，塔鲁桑还是任其摆布，仿佛躯体只是一个空壳。

"……我是在做梦吧。"

塔鲁桑看见通往广场的走廊的尽头闪着白光，每走一步，那光都闪耀着离自己更近一些，他麻木地看着，麻痹的大脑只想着自己是在做梦。这只可能是梦。

广场上集结着塔鲁桑的所有卫兵。他们被国王的卫兵包围着，显得十分不安。等到国王带领一行队伍从王宫出现，他们赶快闭上了嘴，站得笔直。

国王走到可以俯瞰整个广场的高坛上，命令卫兵们将塔鲁桑带上来。塔鲁桑的卫兵们看到双手绑在身后的塔鲁桑，忍不住交头接耳起来。

他们都是和塔鲁桑一起成长，或者是看着他成为海之男人的兄弟。他们被塔鲁桑的豪爽性情征服，全都对塔鲁桑忠心耿耿。

"塔鲁桑统领的卫兵们，你们已经听说了塔鲁桑的所作所为。这个人曾经是我心爱的儿子，是我期待为我统领大军的儿子。可是万万没有想到，这个混账竟然无法控制自己的愤怒，疯狂到用鱼叉伤害自己的兄长的地步，导致卡鲁南受重伤。事后却说自己酒醉，不记得犯下的罪行！"

塔鲁桑的卫兵中传出了喊声。

他们了解塔鲁桑的性情，打从听说塔鲁桑拿鱼叉打伤卡鲁南起就感到蹊跷。他们纷纷议论，肯定是卡鲁南做了什么极度伤害塔鲁桑的事……可是不管出于什么原因，拿鱼叉打人却不承认，辩称自己酒醉，这肯定不符合塔鲁桑的为人。他们比谁都清楚，塔鲁桑或许有些急脾气，但绝对不是那种卑鄙小人。

国王愤怒的声音传遍整个广场。

"除非出现新证据可以推翻这个人的罪行，否则他就是谋害王位继承人的反贼，卑劣至此居然抵赖，我宣布剥夺他的王子身份及身为国民的一切权利，并以三日法处置！"

原本安静的卫兵阵营里传来地动一般的吼声。

"我们的塔鲁桑王子不是那种卑鄙的男人！"

"请国王重新量刑！"

卫兵们一个个呼喊着。

虛空旅人

兄弟们的呼喊打破了塔鲁桑的恍惚。一瞬间，仿佛白日梦一样的模糊的视线突然变得清晰，塔鲁桑意识到自己的弟兄们正在向自己涌来，他像被浇了一身冷水一样一激灵。

他们如果打算救自己，不就成了跟国王作对的叛乱者了吗？那样的话他们也将成为罪犯。塔鲁桑深吸一口气，撕破喉咙也在所不惜地怒喝："肃静！"

瞬间声音消失了。卫兵们全都闭嘴一动不动。

"肃静！"这个口令是无论何种场合任何情况都必须立即服从的命令。训练有素的卫兵们还没来得及思考，就条件反射般地服从了塔鲁桑的命令。

"我的兄弟们！"塔鲁桑觉得自己的声音似乎很陌生，但还是接着说，"我并非怀着卑鄙之心跟父亲狡辩，我是真的不记得了。可是既然父亲和姐姐们全都说看见了我的行为，尽管我不知为何，但也只能相信这是事实。我发誓忠于父王。父王对我的裁决，我接受。"

这是一场梦……

虽然这感觉依旧，但是在耀眼的阳光下，看着那些恢复安静的士兵，塔鲁桑不禁呆呆地想着——这梦何时能醒呢？

塔鲁桑被判刑的那天晚上，卡鲁修岛的岛主阿多鲁一个人在卧室里喝酒。夜已深，妻子卡丽娜公主还没有回来，估计还在花亭里吧。女人们把男人们拒之门外，想说什么就说什么。

阿多鲁凝视着手中冰冷的酒碗，想起卡丽娜骄傲的脸庞。他们俩之间的确有互相体贴的感情存在。尽管二人的结合是为了王室和卡鲁修岛的岛主之间交好，但是阿多鲁始终觉得他们夫妻二人并不仅仅是这样的政治关系，他能够感觉到卡丽娜对他的感情。

可是结婚这么久了，两个人之间还是存在一条无法跨越的鸿沟，那是拒绝两心相印的一条冰冷的鸿沟。

说来真是不可思议，如此聪明绝顶的女子为何没发现呢？她为什么就看不出这条鸿沟将让王国陷于危险的境地，只顾王国却轻视自己的丈夫也是一种牺牲，她为什么就不懂呢……

的确，以往妻子们都把对王室的忠诚放在首位，这也没有问题，因为桑加王室的利益和岛主们的利益是一致的。桑加王室将众多小岛维系在一起，组成一个国家，实施稳固统治。

可是现在不一样了。

南方大陆战乱频频，一个巨大帝国呼风唤雨，剑指桑加。达鲁修即将跨过雅鲁塔西海，并且觊觎着北部大陆，这已是明摆着的事实。

那时候夹在南北大陆之间的桑加诸岛该怎么办？

能读懂风向、如此聪明的你却为什么看不出来？

阿多鲁从来本地做生意的商人们的交谈里，感觉到一股威力巨大的飓风即将从南方袭来。风向稍有差错，桑加诸岛都将化作海藻消失在大海中。

为了避免这样的后果，桑加这支船队就必须解散，加入达鲁修帝国这支更大的船队中去。

达鲁修帝国和我们语言不通，信仰也不同。但听说达鲁修帝国是个按照有用无用的观念进行取舍的国家。如果真是这样，归顺达鲁修帝国跟现在接受桑加王国的统治相比，也没什么坏处。

阿多鲁想到此时，突然发现一个问题——自己对桑加这个国家并没有爱国之心。

其他的岛主肯定也是这样吧。他们当然热爱自己的岛屿。这种爱是发自内心的、根深蒂固的，一生都不可能改变。但是对于桑加的臣民这种身份，他们就没有多少执着了。

这一点卡丽娜她不懂。

聪明的卡丽娜被蒙住了双眼，那是因为她以为桑加王国对于雅鲁塔西海上的群岛来说是不可缺少的。她没想到，其实这些小岛的岛主并不在意他们的统治者是不是桑加王室。不，不是她想不到，而是她不允许别人这样想。桑加王室的女人生来接受的教育都是如何保证并坚持王室的传承。如果她允许别人有那样的想法，就等于亲手摧毁了自己生存的全部意义。

一旦达鲁修帝国真的要吞没我们，卡丽娜会如何选择呢？她要是知道自己的丈夫背叛了她会怎样呢……

聪明的卡丽娜，要是桑加王室不再存在你会如何？我做的一切不是对你的背叛，而正是为了保护我们的生活，这是最好的选择，你能理解吗……

阿多鲁酒意已浓，朦胧间突然听见有人喊自己的名字，才猛然睁开眼睛。房间里并没有其他人，窗户敞开着，只有晚风习习吹来。他以为自己听错了，刚要合眼，却又听见一声——

"阿多鲁殿下……"

声音是从窗外传来的。阿多鲁站起身来拿起桌上的短剑走到窗边。他往外一看，吓了一跳。窗外站着一个士兵。那个士兵翻着白眼，明明什么也看不见，却仍望着阿多鲁。他的手指上缠了一根头发，可是阿多鲁不可能发现这一点。

"你……你怎么回事？"

"阿多鲁殿下，我是雅特诺伊·拉斯古啊。"

阿多鲁不禁双目圆睁，本想骂人，却发现那人的说话腔调确实像那个南方来的商人——达鲁修帝国的密使。

他不禁吞了一口唾沫。以前听说过拉斯古精通咒术，却是头一次看到他操纵一个大活人。

"在您夫人回来之前，我就长话短说吧。我们达鲁修帝国的精锐部队已经到达萨刚群岛海域了。"

"什……什么？"

"请您转达其他岛主们，下决心的时候到了。时机已经成熟，一个王子把另一个王子打成重伤，桑加王室根基动摇，这是最好的机会。岛主们都集中在都城，这是你们向我们表现忠心的时候了。我们的军队强大，萨刚群岛不到三天就会被攻陷。不要流血当奴隶，现在你们应该展示出你们的忠心，换取比现在还要富庶的生活和更多的权利。"

阿多鲁脸色发青。

"等……等一下。"

士兵面部没有任何表情，继续用拉斯古的声音说话："为了表示你们的忠诚，请务必杀掉卡鲁南王子和桑加国王。不用马上动手。桑加法律规定，伤害王室的人要在三天之内被处死。就等塔鲁桑王子被处死之后再对那两个人下手吧。这两个人的头颅将成为您获取权力的法宝。"

阿多鲁张开嘴却无法发声。

"你们自己的性命跟卡鲁南王子和桑加国王的性命，该如何选择，我想你无须迟疑。"

那个士兵没有任何感情，用平淡呆板的声音说出这些话。

"我会看着你们。不仅是用这一个士兵的眼睛，任何人的眼睛都能替我一直看着你们。请不要忘记这一点。"

士兵说完，将三根手指竖在胸前，敬了一个达鲁修帝国的军礼就转身离去了。

阿多鲁一头冷汗地站在窗边，呆呆地望着充满花香的黑夜。

本以为离自己还很远的飓风竟然已来到面前。

杀掉国王，而且就在几天之内……阿多鲁脑袋发麻，扶着窗棂的手控制不住地颤抖起来。

4 将生命交给命运之时

黎明之前，负责看守塔鲁桑王子的士兵守在岩洞牢房里，突然听到几个人下石阶的脚步声，立刻警惕起来。

不一会儿，一个举着火把的士兵和他身后的萨鲁娜公主出现在牢房里。

"国王要在行刑之前再单独审讯塔鲁桑王子。由我们押他去，你们把塔鲁桑王子带出来。"

守卫们面面相觑，但又觉得不能违抗萨鲁娜公主的命令，于是一只手按住腰间的剑柄钻进牢房里，把塔鲁桑王子的双手绑在后面并用皮革固定住。

他们给塔鲁桑王子的腰间拴了一根绳子，把他带出来以后，就把绑着那根绳子的两根绳索交给了萨鲁娜公主手下的士兵。

牢房守卫们把绳子交给他们的时候,发现士兵胸前的徽章有些奇怪。因为那是萨鲁娜公主手下士兵的徽章,并不属于国王的近卫兵。可是还没来得及多想,士兵们就已经带着塔鲁桑王子迅速离开了。

走出地牢来到庭院里,青色的暗夜中已开始飘荡清晨的气息。一行人默默地穿过黎明前开放的蜡枯秀露花丛,嗅着浓郁的花香,穿过了宽阔的庭院。

塔鲁桑望着走在前面的姐姐的背影。他很想跟姐姐说话……这也许是跟萨鲁娜说话的最后机会了。最让他痛苦的是自己对犯下的滔天大罪浑然不知。

他怎么努力也想不起来自己身上到底发生了什么事。只觉得时间停止了、断裂了。难道自己真的用鱼叉打了哥哥了吗?如果真是如此,为什么自己却不记得呢?

此时此刻,父王还能给自己一次解释的机会,这让他感到欣慰。但就算再给多少次机会,他还是记不起任何事情。

塔鲁桑想着心事,过了好久才发觉自己走的路并不通往父王的寝殿。

国王的寝殿在六角形大庭院的北侧,可是现在他们却在往东走。塔鲁桑忍不住快走几步,开口问姐姐:"王姐……"

萨鲁娜回过头来,用手在嘴唇上做了个噤声的手势。他们已经来到国宾居住的寝殿内侧,那里有一个陈旧而巨大的储物间。

萨鲁娜看到周围没有人影,小声对卫兵说:"拉萨鲁,诺修加那鲁，圣多鲁，谢谢你们。就到这儿吧。"

直属萨鲁娜的卫兵们关切地望着他们敬爱的公主，说："公主殿下，您再好好考虑考虑吧。"名为圣多鲁的年轻人小声说，"我们是公主的卫兵，就算是下地狱也要跟随公主。士兵中有此志者众多，塔鲁桑王子殿下的卫兵们也多有此想法。我们还是夺了船……"

萨鲁娜微笑着摇了摇头。

"谢谢你们，但是不行，那么做会破坏王室团结。我们并不想举反旗，只是想消失。要违背王国的法律偷生就只有这一个办法。"

萨鲁娜打心眼里感谢这三个对自己效忠的卫兵，她挨个与他们握手表示感谢并告别。她已经给姐姐们留下了一封请愿书，请求赦免这些卫兵协助她出逃的罪责。他们是萨鲁娜的卫兵，只是听命行事，不至于被问大罪。

绑住塔鲁桑双手的束缚带被解开了，他望着姐姐不知所措。

"王姐，这可不行。"塔鲁桑从嗓子里挤出这几个字，"我不能为了自己牺牲王姐你。"

"已经来不及了，"萨鲁娜坚定地说，"我把你从牢里带出来这件事已是既定的事实，谁也无法抹消。我和你一样已经无路可退。好了，我们走吧。"

塔鲁桑抬头看着爬满了爬山虎的破旧仓库，不解地问道："去哪儿？"

萨鲁娜向卫兵们挥手，示意他们打开爬满爬山虎的仓库门，然后牵着弟弟的手消失在了充满霉味的黑暗中。

自从修加发现塔鲁桑被人下咒以后就十分警惕，严防查格姆也不慎中招。即便是夜晚，他也请求查格姆同意他睡在卧房的门旁。咒术无影无形，无法预测，无论如何防备都不算过分。

修加睡得不深，睁开了眼睛。是什么让自己醒了呢？他一边琢磨一边在黑暗中睁大眼睛观察，同时握住了大刀。确实有动静。正要喊门外的卫兵时，他察觉到查格姆似乎也从床上起身拿起了大刀。

"修加……"

"是。我这就喊人。"

正在这时，房间最内侧的墙壁一角打开一个缺口，进来了两个人影。修加见到来者的真面目后，忍住了叫人的冲动。

"萨鲁娜殿下！"

查格姆大吃一惊，看着手牵手进来的萨鲁娜和塔鲁桑两人。

"查格姆太子殿下，求您救救我们。"

还未等查格姆弄清原委，萨鲁娜已经伏在地板上额头触地。身后的塔鲁桑也跪在地上低着头，满脸困惑。

"求求您救救我们，让我们姐弟得以偷生。"

查格姆愣愣地看了好一会儿，才走过去轻轻扶了一下萨鲁娜的肩头。没想到那肩膀竟然是冰凉的，还在微微颤抖着。

"请抬起头来，萨鲁娜殿下。请您先抬起头来告诉我是怎么回事。"

萨鲁娜抬起头来直视着查格姆说："谢谢您。我知道这是在给您添麻烦，但是我们姐弟只有这一条生路了。"

萨鲁娜像在自言自语一样说道："您知道我父亲要将塔鲁桑以三日法处决。这是桑加对加害王室的人三天之内处以极刑的法律。我向姐姐们求情求到深夜，可还是不管用。如果塔鲁桑真的意图用鱼叉谋害兄长，我觉得判他死刑也无可厚非。可是塔鲁桑说他自己不记得做过这样的事。"

查格姆听到这儿，跟修加互相看了一眼。

萨鲁娜以为他们不相信自己说的话，拼力继续说："我知道您不相信，不相信也是应该的。但是我这个弟弟自打出生我就了解他。他确实脾气不好，爱冲动，可是他绝对不会否认自己曾做过的事情，他最讨厌这样的人。如果让他说那样的话，还不如杀了他。这一点我知道。所以我决定相信我弟弟。尽管不知道原因，但是我不能眼睁睁地看着弟弟在失忆的情况下不明不白地被处死。求您把我们藏在您的行李中，把我们带出国界再放我们逃走吧。查格姆太子殿下是我国重要盟国的王位继承人，桑加王室绝对不会检查您的行李。虽然跟您认识不久，但是通过跟您的交谈，我知道只有您能救我们……求您救救我们吧。"

修加走过来用低而尖锐的声音说："萨鲁娜公主，难道你打算让两国之间生出嫌隙吗？"

"修加……"

修加看着正要说话的查格姆说："对不起，臣自知失言。萨鲁娜公主所言极是，桑加国王不会检查我们的行李。但是王室的人难道一

点儿都不会察觉吗？萨鲁娜公主和塔鲁桑王子跟哪个宾客最为熟络，这是大家都看在眼睛里的。也就是说，查格姆太子殿下只要伸出援手就等于背叛了桑加王室的信赖，而王室就算心知肚明也不便言明。何况塔鲁桑王子的罪状是对新王的反叛罪，如果查格姆太子殿下帮助了塔鲁桑王子，不就等于支持对新王的反叛吗？"

"修加！"

查格姆的声音斩钉截铁。

"他们现在已将性命托付于我！"查格姆目光炯炯地盯着修加的眼睛说道，"你不是答应我了吗，绝不让我做见死不救、坐视不管的人。危急之时只求自保是愚蠢的选择。你说得没错，桑加国王确实会怀疑，但是只要没有真凭实据，那也只不过是怀疑而已，不便言明。这种程度的事情哪个国家没有，那只是两国互信关系的瑕疵。我还不至于无能至此，让这种小事影响两国的外交！"

修加沉默了，他看着查格姆太子，然后深吸了一口气。不管怎么说，查格姆这次是不会再听他的劝了。他后退一步低下了头。

"臣遵命。谨遵殿下命令。"

萨鲁娜没想到查格姆还有如此刚烈的一面，不由得有些惊讶。以前总以为他是一个安静稳重、心思细腻的少年，没想到在安静的外表下竟然还有如此火热的一面。

查格姆把视线从修加脸上挪开，重新投到萨鲁娜的身上，她顿时感到心跳得厉害。

"感谢您的信任，我一定会竭尽全力帮助二位的。"

"谢谢……万分感谢。"

满溢的泪水夺眶而出。一直没吱声的塔鲁桑仰起头来："查格姆太子殿下，我衷心感谢您的好意，请带我姐姐逃命吧。"

"塔鲁桑？"

萨鲁娜吃了一惊，回头望向弟弟。塔鲁桑目不转睛地看着查格姆继续说："我是不会走的，因为这样我会成为一个杀害兄长未遂、畏罪潜逃的逃犯，与其带着污名活着，还不如让我死了好。"

萨鲁娜大吃一惊，塔鲁桑扭过头去。

"王姐，请你理解我。"

萨鲁娜盯着弟弟摇头，厉声说："你要是服刑就代表你承认了那些污名。你打算承担自己根本没有记忆的罪名并为此而死吗？"

塔鲁桑的眼神有些犹豫。

"与其担心自己背负潜逃的罪名，不如想办法活下来，努力把自己的罪名洗净。"

姐姐的脸色很吓人，塔鲁桑看着姐姐，咬紧了牙。然后，他深吸了一口气，闭上眼睛说："我得活着才能报答查格姆太子的恩情。"

萨鲁娜脸色铁青地转向查格姆，她想笑一下却怎么也笑不出来。查格姆摇摇头说："我不求你报恩，因为你们是受害者。塔鲁桑王子是被人下了咒才会这样的。"

见两人露出莫名其妙的表情，查格姆便一五一十地把自己了解到的可疑情况说了一遍，边说边在心里感谢上天给了他这个可以告诉他们实情的机会。

"可是，被人下咒是找不到证据的，所以没能尽早告诉二位。"

萨鲁娜一时之间回不过神来。等到完全理解了所有事情之后，她感到大地似乎在下沉，一阵不安袭来。

"塔鲁桑怎么会被人下咒呢？"

塔鲁桑扑向查格姆和修加，像连珠炮一般发问："被人下了咒就记不得自己做过什么了吗？"

修加回答了他的问题。

"是的，应该是这样的。我也不是很了解，无法确切说明。"

之前看起来垂头丧气的塔鲁桑，转眼间变得满脸通红。突然，他用拳猛击了一下地面。

"可恶！到底是谁，居然对我下咒！"

他转向修加道："你刚才提到贝壳戒指？"

修加点点头，从怀里掏出一枚小小的贝壳戒指。塔鲁桑一看到这枚戒指，顿时两眼放光。

"没错！这是艾夏娜的戒指。这个戒指怎么会跑到我的手上？"

"艾夏娜是谁？"

听到查格姆这样问，萨鲁娜小声回答说："这是成为纳由古路莱塔之眼的女孩的名字，卡鲁修岛渔夫的女儿，塔鲁桑对她就像对自己的妹妹一样疼爱。"

"哦，原来如此……"

查格姆看着皱眉不语的修加，着急地催问道："你明白什么了吗？"

"只是有这种可能性而已。也许那个女孩并不是大家以为的纳由古路莱塔之眼，而是为了给塔鲁桑王子下咒送来的，我觉得她可能只是一个被人操纵的肉身木偶。"

"被人操纵的肉身木偶？"

"是的。只要咒术师功力够深，就可以操纵人的灵魂。当然不同的人也分为能够操纵的和无法操纵的。那么小的孩子应该很好操纵吧。"

查格姆听了点点头。

"的确如此。把自己操纵的女孩假装成纳由古路莱塔之眼，就可以将她顺利地送进王宫。而且如果这个女孩跟塔鲁桑王子关系密切的话……"

说到这里，查格姆突然皱起眉头。

"不对啊……可是我的确从那个女孩身上闻到了纳由古的水的气味。"

"哦，对啊。"

萨鲁娜和塔鲁桑听着查格姆太子和修加之间的对话，完全不明就里，不由得愣在那里。这时塔鲁桑沉不住气了，终于开口问道："那个，你们说的纳由古的水是什么东西？"

查格姆眨眨眼睛，望着塔鲁桑说："我曾经闻到过异界的水的气味，它比这个世界的水的味道强烈而鲜明。那个被选为纳由古路莱塔之眼的女孩第一次从我身旁走过时我就闻到了纳由古的水的气味，虽然只是一瞬间，但是绝对不会错。"

萨鲁娜看看查格姆又看看修加，喃喃自语道："可是既然给塔鲁桑下咒的工具是艾夏娜的贝壳戒指，那个女孩肯定还是跟下咒这件事有关联。"

查格姆和修加点点头。查格姆又对修加说："是不是只有接触一下那个女孩的灵魂才能揭开下咒的真相？"

修加叹了一口气摇摇头说："殿下，说实话，这已经超过了臣的能力。虽然不知道对手是谁，但是这个咒术师的功力和知识远远高于我。那个女孩也可能是一个陷阱，只要接触她就会中圈套。"

外边似乎有些动静。不知不觉天已经亮了。寂静之中可以听见有人起床走动的声音。

修加对萨鲁娜姐弟两人说:"下咒的真相现在无从知晓。所幸卡鲁南王子已经脱离危险,只要塔鲁桑王子想办法逃离,那么下咒的目的就没有达到。谋害桑加王室的阴谋令人担心,那只能靠萨鲁娜公主在出了国境之后再写信给可信赖的人才行。现在最重要的就是让你们俩离开这里,我一定会尽全力帮你们的。"

萨鲁娜和塔鲁桑对视了一下,然后一齐点头。

为什么塔鲁桑用鱼叉打了卡鲁南王子?为什么塔鲁桑什么都不记得?他们虽然解开了这两个巨大的谜团,却仍然对下咒这种从未遇到过的经历感到困惑,不知该如何是好。现在两个人的心思从思考下咒的事情上回到了现实。

命或许可以保住……但是别说王族的身份了,就连亲人、朋友、故乡的一切都将不再拥有。想到这些,他们感到自己就如同从温暖的巢穴被抛到地面上的虫茧一样孤独渺小。

查格姆看出了他们的心思,用开朗的语气说:"刚才真是吓了我一跳,没想到墙里居然还有通道。你们桑加王室可真有意思。这要是想暗杀宾客岂不是方便至极。"

萨鲁娜听了脸色一变,微微一笑说:"那通道不是为了暗杀而造的。我们王室的男人们都不知道这条通道的存在。"说着她的笑意更深了。

"桑加王室的女人比男人更加可怕。她们知道比杀人更有效的手段。那通道是我们为了接近并拉拢客人而设的秘密通道。"

查格姆眨眨眼,有些脸红。

"哦,是这样。"

萨鲁娜看到查格姆的表情,觉得自己冰凉身体里的血液开始缓缓地流动起来。她回头看了弟弟一眼,笑道:"塔鲁桑是第一个进这条通道的男人。"

塔鲁桑不知该作何表情,尴尬地看着姐姐和查格姆。

萨鲁娜望着弟弟的笑容充满慈爱,这让查格姆深受感动。

"你真是个坚强的人。不靠王族的身份,你们也一定会好好生活下去的。"

"借您吉言……"

萨鲁娜望着查格姆说:"每次坐船我都会告诫自己,危急关头,不要放不下身外之物,只要保住自己的性命,只要活着就能开辟出新的道路。"

查格姆脑海中浮现出了好几个人的样子。那些人在他小时候也用这样的话鼓励过他,让他活下来。他们把性命托付给他,他一定要尽全力保护他们。这么想着,查格姆心中似乎燃起了一盏温暖的明灯。

5 命运的齿轮

司丽娜用尽全身的力气终于把家船推上了岸。她故意避开众多大船停靠的港口，选择了罗果河东侧行人较少的海滨靠岸。

她擦了擦汗，望着河口两岸排列的无数仓库，以及河水和港口之间来来往往的船，那些搬运货物的船成群结队、五颜六色。

她孤身一人终于完成了在外海的旅程，抵达了都城。

可是任务还没有完成。她必须得见到塔鲁桑王子，这才是真正的难关。

司丽娜考虑首先要接近塔鲁桑王子的卫兵。因为塔鲁桑王子的卫兵都出自卡鲁修岛，她还知道其中两三个人的模样和名字。虽然不是什么可靠的关系，但总比什么线索都没有要强。

司丽娜第一次到都城，她想到要先去市场。不管在哪个岛，市场上都可以得到有用的消息，比如说，塔鲁桑王子的卫兵住在哪里，或是也许能碰到自己认识的人。总之，要先到市场去转转碰碰运气。

下午的阳光很强烈，司丽娜走在城里觉得自己简直是在梦中，这里到处都是高墙筑成的院落。店铺各种颜色的屋檐和白色的墙壁形成鲜明的对比，看着看着就觉得眼花了。可能是因为刚从船上下来，她走路还有些不稳。总之，一切都是那么令人眩晕。

而且，到处都是人，人，人。在熙熙攘攘的人群中间，简直让人窒息。

空气中飘着刺鼻的香料味，还夹带着人的体臭，简直令人无法呼吸。怎么不刮风呢？司丽娜觉得要是吹一阵风把这些气味全吹走就好了……

眼前突然豁然开朗，皮肤感觉到一阵微风吹来。司丽娜走到了一个比卡鲁修岛的市场大十倍的巨大的集市广场。她靠在墙边站着，不禁长舒了一口气。

这是一个自己岛上的市场根本无法与之比拟的巨大市场。尽管如此，市场的味道和声音却并不陌生。司丽娜用手捂着藏在衣服下边的装着钱币的袋子，生怕被小偷摸了去，径直走向一家糕点店。

"你问塔鲁桑王子卫兵的兵营在哪儿？"一个中年妇女反问道，她一边往刚炸好的糕点上撒黑糖，一边打量着司丽娜。

"兵营在王宫的东边。你去那儿干吗？"

"我有个朋友托我传话，要是我去都城就让我顺路去一趟。"

听到司丽娜事先准备好的理由，中年女人耸起了肩。

"那怎么可能啊。塔鲁桑王子的卫兵兵营现在根本不准人靠近。"

"啊？为什么？"

这时来了一个带小孩的客人买东西，中年妇女忙着招呼客人，没再搭理她。

司丽娜突然感觉有人拉自己的衣角，回头一看，原来是一个乞丐模样的人正笑嘻嘻地看着她。那是一个老人，脸又脏又黑，牙已经脱落得没有几颗了。

"给我点儿钱，我就告诉你为什么不能接近那里。"

司丽娜把买完点心找的钱放到老人那双长着长长指甲的手里。乞丐耸耸肩说："不让接近那里是因为塔鲁桑王子逃跑了。"

说完，乞丐又伸出手来。

塔鲁桑王子逃跑了？虽然司丽娜很想知道到底是怎么回事，但是她还是忍住好奇心摇头说："总会有人告诉我的。我爸爸说过，用钱买来的可能是谎言，别人好心告诉自己的才是真话。再见！"

司丽娜转身要走，乞丐赶紧去追。

"五查鲁就行。你再给五查鲁，我就都告诉你。"

司丽娜还是继续快步走。

"哎呀，我说你等等。你再给我五个查鲁，我不但什么都告诉你，还可以给你介绍能帮你传话的卫兵。他是卡鲁修岛来的，在卫兵中说话可管用了。"

司丽娜停下脚步。

"你说的是谁？"

那乞丐似乎看到鱼上了钩，得意地看着司丽娜说："一个叫拉克拉的，独臂人。"

拉克拉叔叔……

司丽娜目不转睛地望着乞丐。她认识拉克拉叔叔。爸爸说他小时候经常和拉克拉叔叔一起玩，叔叔回卡鲁修岛探亲的时候，她还跟爸爸带着酒去找过他聊都城的新鲜事儿。叔叔很久没有回过卡鲁修岛了，司丽娜已经完全把这个人忘了。说起来似乎什么时候听父亲提到过，说他好像因为手臂负伤而退伍，后来留在都城做生意了。

司丽娜转过身拿出五查鲁，在乞丐眼前晃了一下，又重新握在手中。乞丐耸耸肩，笑着说："你看你这么不相信我。没关系，我肯定不会骗你的。我带你去拉克拉的店，拉克拉人可好了，他会告诉你更多的消息。"

乞丐在前边带路，司丽娜在后面跟着。他们钻进小巷，穿过大路，又钻进小巷。司丽娜开始有些担心自己会不会被带到危险的地方去。等走到一处全是酒馆的小巷时，天已经快黑了。

乞丐走到一家看起来装修得相当不错的酒馆前停下来，用手一指。

"这就是拉克拉的店。给钱吧。"

这家店还没有开门，还上着门板。司丽娜没有理睬乞丐，而是绕到后门朝昏暗的店内张望。里面似乎有人，她开口问："拉克拉叔叔？"

好像有人应声回答。从屋里走出来一个缠着腰布的胖男人，他的头发比以前稀少了很多，但样子的确就是拉克拉叔叔。

司丽娜终于放心了，也可能是因为太高兴了，差点儿哭了出来。她咬紧牙关，然后给跟过来的那个乞丐五查鲁。乞丐拿了钱，什么话都没说就走了。

"你是谁啊？"

拉克拉叔叔似乎想不起司丽娜是谁，上下打量这个女孩。怎么可能认得出呢？最后一次见面时司丽娜才十岁。

"叔叔，我是司丽娜。我是拉夏洛人。"

拉克拉叔叔瞪圆了眼睛。

"啊？哦，司丽娜啊！拉那亚的女儿。"

司丽娜点点头。

"你怎么会在这儿啊？就你一个人？你怎么找到我的？拉那亚一会儿来不来？"

"我爸爸他……叔叔，我有很重要的事……"

司丽娜的声音颤抖，说不下去了。可能是终于见到了自己认识的人，一直绷紧的神经终于放松了。她的身体突然变得冰凉，几乎站不稳了。

"喂喂，你的脸色怎么这么差！"

拉克拉叔叔搀着司丽娜的胳膊，带着她慢慢地走到挨着酒馆的自己家里。拉克拉的家比他在卡鲁修岛的父母家气派多了。他的家是标准的城里人的家，朝向院子的房间非常宽敞，地板上铺着卡鲁修岛人习惯使用的拉阔椰子树叶编成的垫子。

天已经黑了，拉克拉让司丽娜躺在充满凉爽微风的房间里休息。

"你今天就住我家。一会儿我老婆就回来了，咱们边吃饭边聊好不好？你先休息。我的酒馆得开张了，我先去给伙计们安排活儿。"

司丽娜心里很急，可是身体却不听使唤了。刚闭上眼睛，周围的一切声响就全都听不到了。

拉克拉的店生意很好，夜里正是客人多的时候。他的老婆回来以后，二人和伙计一起打开店门，忙得不可开交，也没能回来看司丽娜。终于准备好了晚餐，司丽娜醒了，拉克拉介绍她们认识。他们一起坐在铺着椰子叶的垫子上，垫子上摆满了装着烤鱼和水果的盘子。

拉克拉一边往嘴里塞东西，一边听司丽娜说话。随着司丽娜的讲述，他拿烤鱼的手逐渐慢了下来，最后似乎没了食欲，彻底不吃了。吃完饭以后，拉克拉没有离开，而是把店交给妻子，自己留下来继续听司丽娜讲她的事。

"这叫什么事儿！"

拉克拉用一只大手抹了一把脸。

"司丽娜，你可是带来一个要紧的消息……而且还是在这种时候！"

司丽娜突然想起来问他："对了，叔叔，他们说塔鲁桑王子逃走了，这是怎么回事啊？"

拉克拉叹了口气，就把塔鲁桑王子如何用鱼叉把卡鲁南王子打伤，如何被判刑，又如何得到萨鲁娜公主的帮助逃走等这些事情一一告诉了她。

"这些都得保密啊。尤其是萨鲁娜公主出手帮助这件事在都城里可没几个人知道。我是听我女儿说的。"

拉克拉的女儿瓷拉据说是萨鲁娜公主手下的一个侍女。拉克拉的妹妹在卡鲁修岛曾经侍奉过萨鲁娜公主。拉克拉当年手臂受伤之后不

得不退役，听说了此事的萨鲁娜公主就把拉克拉的女儿召进宫里了。瓷拉是个细心的女孩子，很得萨鲁娜公主的欢心。

拉克拉开办酒馆的时候，也是因为得到王宫的准许，可以将供下人喝的酒运进王宫，这才使得买卖走上了正轨。

"瓷拉还在王宫，她和萨鲁娜公主的其他侍女一起被调到厨房干活了。那可是个苦差事。"

司丽娜觉得眼前发黑。自己历经千辛万苦好不容易才来到这里，原本以为能依靠塔鲁桑王子，谁知道居然会变成这样……

"这可如何是好？约南大将军要是健在倒是可以去见他……告诉你这些情报的那个拉夏洛人说得对，我也有同感，老岛主还好，我总觉得现在这个阿多鲁岛主无法信任。这事不能轻易告诉别人，万一传错了人，我们性命难保啊。"拉克拉仰起头摸摸下巴说，"你让我考虑一晚上。明天我去王宫交酒的时候再跟瓷拉商量商量。"

拉克拉深深地叹了一口气，用手扶着膝盖站起身来说："大风大浪就要来了，卡鲁修岛已经刮起黑风了。雅塔的女儿怎么会变成纳由古路莱塔之眼呢？我正纳闷儿，塔鲁桑王子和萨鲁娜公主又遇到这种事。现在你又来了。"

司丽娜赶紧仰起脸来问："对了！叔叔，艾夏娜怎么样了？"

"哎呀，那孩子真是可怜。真是……下一次月圆之时就要举行还魂仪式了。"

"啊？她的灵魂回到身体不是就不用举行这仪式了吗？"

拉克拉莫名其妙地看着司丽娜这个奇怪的孩子。

"听说是那样吧。这个可怜的孩子，我没听说她的灵魂回来了。"

司丽娜张大了嘴，然后又闭上。当初在海上，她的确看到艾夏娜的灵魂从纳由古的海上升起，像流星一样飞到都城去了。难道那只是自己做的梦吗？

拉克拉这时已经转身往酒馆走了。司丽娜看着他的背影，心中仿佛被掏空了一样，感到无比悲哀。

今后该怎么办？她觉得此刻自己比孤身一人航行在海上的时候还要渺小无助。她默默地用手指抹去溢出眼眶的泪水。

桑加国王在宾客们用早餐的时候在席间宣布了萨鲁娜和塔鲁桑逃

走的事。在被自己的孩子接二连三背叛之后，国王已经完全丧失了往日的豪气和爽朗。

"抱歉打扰您！"

有人小声打着招呼，出现在查格姆身边。这是一个与萨鲁娜模样相似的高挑女子。她望着查格姆的眼睛深深施了一礼。

"卡丽娜公主殿下。"

查格姆赶紧站起身来，鞠躬还礼。

"查格姆太子殿下，我是来向您道歉的。一直负责接待您的萨鲁娜居然做出那种事情。"

在查格姆看来，卡丽娜的声音的确带着歉意，她的眼睛里却带着试探。与其说是道歉，还不如说是在试探他是否知道萨鲁娜的行踪。

"您太周到了。非常感谢。"查格姆回答得十分稳重，"卡鲁南王子殿下的身体怎么样了？"

"托各位的福，目前还算稳定，感谢您的关心。您把贵国的贵重药草拿出来给他治伤，真是不胜感激。我们王室的女子都从心里感谢查格姆太子殿下和修加阁下。太子殿下虽然年轻却如此聪慧，胸襟宽广，大家都说很羡慕新约格王国。"

卡丽娜说着，嘴角浮现出一丝苦笑。

"我们桑加王室从未经历如此耻辱。我曾经以为萨鲁娜不是个鲁莽的人……"

查格姆摇摇头说："萨鲁娜殿下的所作所为虽然不可原谅，但想必也是她与塔鲁桑王子姐弟情深才会那么做吧……我们才从心底羡慕桑加王室。能够舍弃自己拯救弟弟，这样情深义重的王族我以前从没见过。王室的这份亲情才是世间珍宝。"

卡丽娜望着这个年轻的太子。

"那么说，卡丽娜是幸福的。没想到您会这么想。"

看着太子有些害羞的脸庞，卡丽娜现出温柔的笑容。威严的君主哪国都有，并不新鲜，可是像太子这样稍稍接触就能发现其人格魅力的人太少见了。

早餐开始后，周围变得嘈杂起来，卡丽娜趁机小声说："查格姆太子殿下，我那个妹妹能藏身的地方有限。万一您哪天碰见她了，请您转告她，要想回来就到花亭来。我们救不了塔鲁桑，可是她罪不至死，还有回转的余地。"

查格姆看着卡丽娜点点头。

"我也希望上天能赐给我这个可以替您传话的机会。"

萨鲁娜和塔鲁桑在查格姆的衣帽间里度过了漫长的一天。当有侍女进来的时候，他们就躲进墙壁内侧的通道里，屏住呼吸等待侍女们离开。

门外的光亮在密道里画下一条白色的光线。萨鲁娜无意中发现那白光之中有什么东西在闪烁。她弯腰去看，等看清了那东西，她不禁惊讶得动弹不得。

那是一个在金子上镶嵌了珍珠的胸针。萨鲁娜一看就知道那是大姐卡丽娜的东西……还有这东西的含义。

卡丽娜知道萨鲁娜他们藏在这里。不清楚她是什么时候找到这里的，但肯定是一大早就已经来过了。她们一定是发现了萨鲁娜他们在通道地板的尘土上留下的足迹，然后才把这个东西留在这里的。

姐妹们已经知道你们在这里了——这应该就是这枚胸针代表的含义。萨鲁娜没有用手捡起那枚胸针，也许那只是姐姐们想偷偷地帮助她和塔鲁桑才留下了这么值钱的东西，只要把它卖了就能换很多钱，她和塔鲁桑的生活也会因此而不同。

但是萨鲁娜是桑加王室的公主，她从小就习惯了考虑隐藏在事物表象之下的联系。她没办法不去想这个胸针可能是个陷阱。如此昂贵的东西，能买得起的人不多。一旦把它卖了，就等于将自己的藏身之处泄露给了卡丽娜她们。

侍女们终于打扫完毕出去了。萨鲁娜和塔鲁桑坐到寝殿宽敞的衣帽间里，萨鲁娜把自己在秘密通道里发现了胸针的事告诉了塔鲁桑。

塔鲁桑连看都不看胸针一眼，反倒沉默地看着自己的拳头："我到现在还觉得自己是在做梦。从前我一直相信自己，不管是什么样的敌人，我都能靠自己的力量击败对手。可是我却被人利用，还伤害了自己的王兄。"说到这里，塔鲁桑心中再一次涌起莫大的痛苦和自责，"他们居然用这么卑鄙的手段……"

塔鲁桑咬紧牙忍着，却还是没有忍住，眼泪顺着鼻梁流了下来。

"别以为我就这么夹着尾巴逃跑了。我非得亲手杀了那个用这种手段害我兄长的畜生。"

萨鲁娜的眼睛一直望着空中，仿佛若有所思。终于，她转过来望着弟弟说："从知道你中计那一刻起，我一直在想那个下咒的人到底是谁，想把你和王兄害死而从中渔利的人到底是谁。"

萨鲁娜的眼睛虽然看着塔鲁桑，眼神却似乎已穿过塔鲁桑看向别处。

"桑加人不可能会下咒。用多鲁卡之根下咒这种阴险的方法，就连长在桑加王室里的我都没听说过。查格姆太子说用多鲁卡之根下咒是约格人的方法，我不想怀疑查格姆太子。难道是新约格王国设计的阴谋，现在保护我们也是一种阴谋……"

萨鲁娜摇头。

"不可能。如果是那样的话，他就不会告诉我们下咒这件事。而且新约格王国需要咱们桑加王国做盾牌帮助他们抵挡南方的侵略……"

突然，萨鲁娜视线一动。她说到一半就停下了，表情严肃地望着空中。

"王姐？"

迅速在各种情报之间寻找关联之后，萨鲁娜想到了一种可能性。几天前，在花亭那次聚会上，卡丽娜说过南方大陆的达鲁修帝国和岛主们之间有秘密往来，还提到了打孔的暗号字条及约格商人经常和阿多鲁会面之事。约格人使用的下咒方法和用艾夏娜的贝壳戒指下咒这件事……

"还有别的约格人。"萨鲁娜缓缓地转头望着弟弟，"新约格王国是从南方大陆的约格王国迁徙到北方后建立的国家。约格人本来是住在南方大陆的民族。"

"可是，约格王国被达鲁修帝国吞并了，不可能再图谋夺取桑加。"

"国家灭亡了，人还在啊。达鲁修人重利不重情，即使是被自己征服的国民，只要有用也会重用。"

塔鲁桑若有所悟。但他还是不能完全理解。

"达鲁修帝国派约格人来给我下咒暗杀王兄？那约格人是怎么知道艾夏娜的呢？我一直觉得奇怪。用贝壳戒指下咒表示他们知道我和艾夏娜的关系。"

"肯定是阿多鲁说的。"

"阿多鲁？"

塔鲁桑大吃一惊地看着姐姐。阿多鲁是大姐的丈夫，是卡鲁修岛的岛主，尽管性情与自己不甚相投，但是无论如何也不能相信他会试图用这样冷酷的手段让塔鲁桑杀害哥哥。

萨鲁娜把卡丽娜的怀疑告诉了塔鲁桑。萨鲁娜心中已将其认作事实。姐夫阿多鲁，聪明而又高傲，别人如何抬高并利用他的自尊心，很容易就能想象得到。

到底是什么样的利益会让他出卖王室呢？

想到这里，萨鲁娜感到内心升起一股令人不安的凉气。现在，所有的岛主都集中在这座王宫。如果达鲁修帝国和他们确有阴谋的话，在这个卡鲁南王子负重伤、塔鲁桑又在逃之时消灭桑加王室，应该是最好下手的时机了。

拉克拉把沉重的行李交给司丽娜以后,司丽娜觉得身体变成了一具空壳。今后该如何是好,她也不知道。司丽娜住在拉克拉家的那天夜里发了烧,连第二天拉克拉去王宫送酒都不知道,一直蒙头大睡。

一个小小的齿轮带动着大齿轮,但转眼间就会引发新的事态。一个拉夏洛人的小女孩经过孤独的旅程奋力带来的情报,此刻正在扳动着巨大的命运齿轮。

就在司丽娜睡觉的时候,拉克拉把情报告诉给了他的女儿瓷拉,然后聪明的瓷拉又把事情托付给了一个公认的值得信赖的同伴,这个人就是卡丽娜公主的侍女。就在同一天,卡丽娜公主就已经知道了一切。

其实此时,国王、卡丽娜公主,还有其他王室女人,以及桑加王国军队的所有将军都已经掌握了一条军事情报,那就是达鲁修帝国海军已经接近萨刚群岛附近的海域。萨刚群岛的飞鸽并没有传书,但是驻扎在附近无人岛上的王室直属侦察兵放飞了几只信鸽。

尽管如此,司丽娜带来的情报仍然十分珍贵,那个告诉司丽娜情报的多哥鲁说的没错,这些情报对桑加王室来说比整桶黄金还要值钱。达鲁修帝国的海军如何布阵,又会从哪条水路进攻,这些都比飞鸽传书收到的情报要详细得多。

王室要立即召集将军、岛主开会议事。但是会议遇到了一个问题,那就是情报是否可靠。将军们认为一个拉夏洛女孩的情报有些可疑，这也可能是达鲁修帝国设下的圈套。最后大家一致认为要确认情报的可信度，必须让她本人出面才行。

司丽娜还发着烧，却在当天傍晚被秘密带到王宫的会议现场。

这对于司丽娜来说真像发烧头晕一样。

刚进会议室，司丽娜就被偌大的天花板惊呆了，这让她不禁想起了以前爸爸带她去过的紫艾岛上的大山洞。

房间里有像贝壳一样雪白的墙壁，还有布满精致雕刻的巨大圆柱。所有的柱子上都悬挂着吊灯，天花板上也悬挂着巨大的吊灯，灯光反射到墙壁上，使得墙壁也闪着光辉。

来王宫之前，拉克拉的妻子慌忙之中给她换了一身衣服。司丽娜觉得新衣服好漂亮。可是等到了这里，才发觉自己穿的不过是一块破布。

侍女扶着她的手臂把她领到会议大厅中央的巨大会议桌前。受国王委托，卡丽娜公主和三位将军围坐在会议桌前望着司丽娜。有人拉开椅子，司丽娜不知怎的就坐了下来，好像连行礼都给忘了。她觉得似乎有另一个自己站在远处望着这个傻呆呆的自己。

一个身材高挑的美丽女人望着司丽娜微笑着问："你就是司丽娜？"

"是。"

司丽娜听见自己回答的声音。美丽的女人点点头。

"我是卡丽娜公主。这几位是统领桑加王国大军的将军。"

三名将军一齐微微点头。这个自称卡丽娜的女人先是对司丽娜带来情报一事表示感谢。可是司丽娜听来就像自己在梦中听别人说话一样没有真实感，也不觉得感动。

卡丽娜公主问话的语调温柔。司丽娜照实一一回答。

将军们打开一块巨大的布让司丽娜看。那是雅鲁塔西海的海图，可是在司丽娜看来不过是一张有奇怪花纹的布。

他们让司丽娜说出途经的海路，司丽娜为难了。因为司丽娜所知的海路是靠岛屿的形状、海潮的方向、太阳和星辰的位置来识别的，无法体现在这样一块布上。

犹豫了一会儿之后，司丽娜用拉夏洛人的回忆方式在手心画图，像唱歌一样把海潮的名字和经过的岛屿的名字唱了出来。

将军们一听，赶紧在地图上寻找这个拉夏洛女孩唱的海潮，可是她唱的海潮的名字有很多是这些航行过无数次的将军也没听说过的。

"当时正是吹北风的季节，途中我问了一些拉夏洛人和岛上的渔民潮水的方向。我就按照他们告诉我的海潮来到了这里。"

将军们看着这个女孩，都觉得就算这是达鲁修的圈套，这个女孩说的也不可能是假话。

"我们今天才知道拉夏洛人的海洋知识如此渊博。"卡丽娜公主伸出手握住了司丽娜的手，"以后再也没有人敢瞧不起你了。你想要什么赏赐？"

司丽娜冷冷地抬头看着这个手掌细嫩的女子说："我现在想不出来。我就想赶快见到我爸爸。"

卡丽娜公主点点头说："这样啊。那我就替你决定了。"

卡丽娜公主的眼睛闪着幽深的光,看上去十分美丽,司丽娜却感到有些害怕。

领了赏赐的司丽娜被一个侍女和士兵领着穿过迷宫一样的王宫走到了后门。他们穿过圆柱林立的回廊走进庭院中间,月光下盛开的莎拉花散发着清凉的芳香。此时即将满月,白色的花瓣被月光映衬成了蓝色。

远处的涛声里混杂着笛声和管弦乐声,如同涨潮一般喧嚣。里面也有歌声、笑声、掌声,但这些声音与岛上举办热闹活动的声音不同。司丽娜觉得这声音就像刚才在王宫大厅里看见的那些镶着金边银边的服装一样华丽。

她一边往前走一边抬头看月亮,突然感到身边有动静,是像鸟一样扑棱棱的声音,她不禁后背发凉,仔细一看,突然发现院子全都变成了一片琉璃色的海水。

这时,司丽娜看到院子的上空有一个淡淡发光的人影。

是艾夏娜!

艾夏娜在哭,但是听不到她的哭声,什么声音都听不见。

司丽娜像小时候一样抱起艾夏娜,这时她的脸仿佛触碰到了海中的泡沫一般,随着这细微的触觉,艾夏娜的悲伤和害怕传递到了司丽娜的心里。

我要回家……我要回去……救命啊……

接触只在一瞬间就消失了,艾夏娜被自己身上的丝线一样的东西拉走,瞬间就消失在了大殿的另一头。司丽娜不自觉地往听到宴会声音的大殿走，简直就像飞蛾飞往光亮处的本能一样。

我想回去、回去、救我……司丽娜心中回荡着艾夏娜的声音，那声音在心中反复纠结，不能释怀。

"你怎么了？"

司丽娜一看，是领着自己的那个侍女在问她。

"那边，那边……"

侍女看了看司丽娜手指的方向，笑了。

"噢，那边啊。那是宴请各国宾客的地方，正有歌舞表演助兴呢。这歌真好听。"

司丽娜一听是宴请宾客的宴席，便问道："纳由古路莱塔之眼也在那里吗？"

侍女的笑脸蒙上了一层阴影。

"应该在吧。虽然很可怜，可是也真的很让人心烦。"

"让人心烦？"

那个侍女像是要征求同意一样瞟了士兵们一眼。

"我们中间流传着一件奇怪的事情。有一个叫辽娜的侍女负责照顾那个被选为纳由古路莱塔之眼的女孩，只要在那女孩周围，不是觉得犯困，就是失去记忆，醒来时已身处别的房间。"

"噢，我们也听说过。有一个叫塔龙的家伙，他本来负责值班把守，他说他经常会失去知觉，也不知道自己干了什么。我们笑话他说他明明是自己打瞌睡，他就跟我们发火。我们也逐渐觉得这事很蹊跷。"

他们边说边走,司丽娜也只好跟着他们一起走,可是眼睛却总离不开那边的大殿。

艾夏娜就在那里,她的灵魂也在那里。可是为什么司丽娜的脑海中却浮现出像围在灯光周围的飞蛾一样的艾夏娜的灵魂?那灵魂正围着艾夏娜的身体不断舞动,尽管她的身体和灵魂如此靠近,却始终不能合为一体,真是可怜又可悲。

第三章

举行仪式的暗夜

当塔鲁桑的脸露出海面的时候，感到有一个人影靠近自己，在侧面帮助托着艾夏娜。他已然没有余力去看，两个人一起把艾夏娜的头托出海面，朝岩石堆游去。他们把艾夏娜拖上岩石堆，一边咳嗽一边调整呼吸。

1 暗云

夜宴结束，查格姆觉得非常疲劳。他穿过院子往自己的住处走，修加和护卫紧跟其后。

一轮皓月当空，夜风很大，吹得院子里的树木沙沙作响，之后又恢复了一片寂静。

下雨了？

查格姆的鼻子嗅到一股浓重的雨水气味，不由得抬头看了一眼天空。夜空中连一丝云彩都没有。

可是鼻子里仍然有一股水的气味，能感到一股冰凉刺骨的水的气息。

查格姆听见有人在喊，像是鸟儿的悲鸣。

突然，眉间一点有一股刺痛一直痛到身体深处，查格姆起了一身鸡皮疙瘩。一股水的气味袭来，全身都被浸在这气味里。同时一个求救的声音传入他的身体，不禁令他一震。

查格姆看见院子里的花丛映在一片透明的水中。

琉璃色的水中有一个年幼的女孩不停地舞动着。就像一个刚睡醒的孩子发现自己在陌生的地方一样，眯着眼睛不断寻找着什么。

女孩的额头有发光的丝线伸出来，一直延伸到王宫的某处。那丝线拉着她走，但很快又像被什么刺到一样弹了回来。女孩不断地重复着这个动作。

当查格姆看向丝线的尽头时，他感受到了一股难闻的气味，不由得赶快把视线移开。

当他的视线偶然与女孩的视线交会，查格姆瞬间像被闪电击中一样。

一个世界与另一个世界的缝隙处有一个无处可去的可悲灵魂。他感到一股无比强烈的不安，因自己跻身异界的不安。

"殿下！"

修加的声音在耳边响起，一瞬间纳由古的风景就消失了。

"不行，我不能晕倒。"

查格姆拼命地想保持自己的意识，可是他眼前发黑，脑袋轰鸣。身后有一阵不安的嘈杂声。查格姆咬紧牙关挺直身体。

太子不能晕倒。太子是国家神圣的灵魂。如果查格姆晕倒了，侍卫会感到不祥。他深吸了一口气，平静地睁开眼睛。然后微笑着回头看了一眼侍从们。

"我没事。别担心。"

尽管查格姆的脸上覆着一层薄薄的纱，可是侍从们还是感受到了查格姆的笑容，于是不再紧张，放下心来。

再次迈开步往前走的时候，修加在一旁低声问道："殿下，您真的没事吗？"

查格姆点点头，各种心事像走马灯似的在心中旋转。

"修加，纳由古路莱塔之眼就在这个院子里。"

修加大吃一惊，身体一震，查格姆赶紧微微摇头补充道："是她的魂魄在这里。"

查格姆望着半空念叨着。

"她向我求救。虽然一瞬间就消失了，但是我就像全身被闪电击中一般。那个女孩已经回来了，却不能回到自己的身体，她为此而哭泣。"

修加过度惊讶，呆呆地看着查格姆。

"修加，你说的那个多鲁卡之根的味道我也闻到了。"查格姆眼中有些焦急，"那个女孩的身体要被扔下海是在后天的夜里吧？"

"是的。可是殿下……"

"别说了，修加。我心中有数。"查格姆眉头紧锁地望着虚无的半空，"我心里有数"。

可是怎么才能救她呢？

明明听见她的求救却不知道该怎么办。

查格姆深吸了一口气，咬紧了牙。

查格姆满脑子都想着那个迷失在纳由古世界里的女孩，没想到一回到房间，就有一件可怕的事在等着他。

萨鲁娜像是已经等了很久，快步走近查格姆，对他说："查格姆殿下，您听我说。"

虚空旅人

情急之下，萨鲁娜抓住查格姆的手。平时不习惯与人肌肤接触的查格姆被她有些冰凉的皮肤一碰，心里很是紧张。

"我知道谁是这个阴谋背后的黑手了！"

萨鲁娜兴奋地说，查格姆、修加，还有站在萨鲁娜身后的塔鲁桑都认真地听她讲。

查格姆越听身体越发冷。

来自大海那头的乌云就要压过来了。那乌云不仅会包围桑加，就连新约格王国也在劫难逃。

以前约格王国对查格姆来说只是一个名字，似乎只是一个出现在神话里的虚幻的名字。那里长年战乱，是祖先在南方的故土。那个国家被达鲁修帝国吞并的时候，查格姆也接到了消息，但当时只觉得是一个与自己无关的故事。

但是现在自己身处这个与自己的国家一衣带水的国家，被达鲁修人征服的约格人已成为爪牙指向北方大陆，查格姆的心中升起了一种真实的不安。达鲁修帝国只要吞并了桑加，他们的大军就可以通过桑加这座桥梁越过大海。届时，达鲁修帝国必定会发起对新约格王国的侵略。

查格姆根本不知道战争是怎么回事，甚至无法想象。只怕是能亲身体会什么是战争的时刻即将来临了。

要真是那样，我该怎么办？我们该怎么办？

查格姆以前就觉得所谓神圣国家的灵魂这种事情非常无聊，太子不应该像那种冰冷的锁链一样与民疏远。那锁链实实在在地捆绑着自己，自己还要对子民责无旁贷。

太子只是趔趄了一下，侍从们就脸色大变。这些视查格姆为神圣太子，将他尊为圣人的人，他们的信仰成了绑住查格姆自由的锁链。他的脑海中浮现出无数那样脸色大变的人脸——他们崇拜的眼神就像沉重的乌云一般越积越厚。

查格姆看了一眼萨鲁娜。

"你说的不过是推测，但的确有一定道理。这件事我们不能坐视不管。你们现在在逃亡中，我们很想替你们做些什么，可惜我只是个外人，对桑加的情况不甚了解。我还是觉得这件事应当告诉桑加王室，只有这样才能拆穿这个阴谋。你跟卡丽娜殿下关系如何？你觉得她能够信任吗？"

萨鲁娜眨眨眼睛说："姐姐她是个聪明人。在桑加王室的女人中，她处于主导地位。虽然她不是个感性的人，但是这件事我想她会相信我们的。"

查格姆认真地看着萨鲁娜。

"不如，你告诉卡丽娜殿下吧？"

这就意味着萨鲁娜和塔鲁桑无法逃走了。若是大家能相信这姐弟二人倒也罢了，要是不相信的话，塔鲁桑仍将面临被处决的命运。萨鲁娜以为自己已经想清楚了，可是此时又犹豫起来。塔鲁桑把手放在姐姐的肩上说："王姐，我不是那种为了自己逃命而置国家于危难中的胆小鬼。"

萨鲁娜抬头看着弟弟，之后转向查格姆，点点头。

"我想见姐姐，越快越好！"

"这里有没有通往卡丽娜殿下房间的通道？"

萨鲁娜脸一沉。

"通道只通到院子，再往前就没有了。"

查格姆看着修加，说道："所以，修加。"

修加苦笑了一下。

"所以，我们只能邀请卡丽娜公主到这里来。"

查格姆见修加这么说，感到些许欣慰，他原本以为他会反对，但是很快查格姆的表情又再度严肃起来。

"还有一件事，我们必须要做。"

"是。告诉卡丽娜公主以后，等事情有些眉目，得派使者给我国报信，以便我国做好军事部署。"

不久，卡丽娜就收到了查格姆太子的邀请，说是今天受到款待，想向公主略表心意。其实卡丽娜已经想到会是谁在查格姆的房间等着见她。

可是，当卡丽娜来到查格姆的房间听萨鲁娜说出那些阴谋时，还是无法保持镇定："你说下咒？约格人给塔鲁桑下咒？"

修加对一时还有些难以接受的卡丽娜说："现在还不能确定是不是约格人做的。但不管是谁，我肯定有人做了下咒这种事。"

卡丽娜看着说话的修加，一时有些发呆，片刻后她的两眼开始发光，对萨鲁娜说："你的意思是跟下咒的人联手的是阿多鲁，对不对？"

萨鲁娜有些尴尬，但还是直视着姐姐，点了点头。

"你们的告发并没有证据，不过是猜测。但是的确有很多巧合，这件事值得重视。"卡丽娜轻轻摇了摇头说，"我的丈夫最经不住别人的吹捧，不知道他们到底在谋划什么，如果真的是他让塔鲁桑杀害兄长……我绝不原谅！"

卡丽娜心中暗想：这个笨蛋，别人许给你什么好处了，你被别人当作棋子还在做白日梦，一个没有希望的梦，你怎么就不明白呢？

卡丽娜坚决地扭过头来望着萨鲁娜说："假如你们的推测是真的，那就大事不妙了。要小心谨慎为好。对达鲁修帝国来说，现在是绝好的时机，他们一定会一步到位直刺王室的心脏。"

"我要是达鲁修的君主，"查格姆低声说，"我绝对不会错过这个绝好的机会，肯定会派出大军。岛上有什么消息没有？"

卡丽娜眼睛一亮说："不愧是查格姆殿下。正如您所说，我们已经接到消息，达鲁修帝国的海军正在进犯桑加的边境。"

在场的人听了这话全都倒吸了一口凉气。

"什么？王姐！那你怎么还能如此从容？"

卡丽娜瞥了弟弟一眼，又重新看着查格姆说："我们已经进入战备状态。截至今天，我们得到了相当详细的军事情报，一旦准备好了，就会把岛主们放回各自的岛，让他们与敌军对阵。但是，岛主当中如果有人意图投靠敌人的话，我们必须先铲除内奸，避免敌人里应外合。"卡丽娜叹了一口气，"像萨刚群岛的地理位置，要是达鲁修大军侵略过来，桑加的大军根本来不及应战。虽然有军船警备，但是万一达鲁修发起进攻，最多只能守三天。"

查格姆惊讶地看着卡丽娜。这个美丽的女子竟然把自己国家的岛屿说得像一块可以随便丢弃的石子一样，真是不可思议。

修加注意到查格姆的表情，赶紧在查格姆张嘴之前抢先说道："原来如此，这也是一种战略。"

查格姆不可思议地看着修加。

"就是说即使暂时丢了萨刚群岛，只要在这期间加强其他岛屿的防守，就可以抵御达鲁修帝国的进攻。他们不能把桑加怎么样。再强大的帝国，如果与像我们桑加这样熟悉海事的大军交战，他们必然会元气大伤。南方的其他国家也都是会钻空子的鲨鱼，达鲁修帝国只要出了纰漏，就会被其他国家反咬一口。"

修加一口气说到这里，最后又补充道："也就是说，要显示桑加王国的强大，就必须守住最南边的岛屿，不让敌人觉得有得逞的可能。"

卡丽娜的笑意更深了。

"您所说极是。"

修加微微低下头。

塔鲁桑有些犹豫地问道："可是王姐，我想知道，为什么岛主会参与达鲁修帝国的阴谋呢？这是我不明白的地方，他们这不是自寻死路吗？"

卡丽娜望着比自己小得多的弟弟说："那就像是寄居蟹扔掉之前

的海螺壳，再换一个更大的海螺壳一样。达鲁修帝国并不想牺牲自己的鲜血作为得到桑加的代价，肯定是许给岛主们什么好处了。大家都知道南方的富饶，他们觉得归属达鲁修会比在桑加的统治下生活更有利可图吧，所以他们只要倒戈就可以不战而胜，达鲁修帝国也不会有任何损伤。"

卡丽娜重新把视线投到查格姆和修加的身上，说："一直以来我们桑加的女人用姻亲的关系维系岛主与王国之间的信任，就是为了防止这种事发生……看来和平的日子过久了，关系渐渐出现裂痕了。"

查格姆微微点头表示同意，但他没有像以往那样说些什么得体周到的话来。岛主们的变心就像寄居蟹扔掉旧壳，寄生到更大的壳里去一样。卡丽娜的话在查格姆的心里投下阴影。桑加的岛民就像换衣服一样换掉自己的国家，就这般无所谓吗？

如果真是这样，那么桑加王国可能确实没有想象中那么强大。

星星点点遍布广阔大海中的岛屿，不过是为了自己的利益才互相携手构成一个国家的。

美丽的王宫，彼此信任的王室成员们，一旦失去这些岛屿，桑加王室就会变成孤立无援的一族。查格姆一直以为桑加是抵挡南方国家侵略的坚实盾牌，没想到如此不堪一击，他不禁为自己的国家深感忧虑。

卡丽娜感到自己的内心冷静得近乎残酷。她用这颗像平静大海一般的心在思考着自己该做的事：

如同萨鲁娜所说，岛主和约格咒术师联手筹划的阴谋进行到了哪一步目前不得而知。但假如这一系列的阴谋与达鲁修海军的动静有关联的话，那就是天大的危机。

只不过值得庆幸的是，就算这真的是一个有关联的阴谋，也还没有明显地影响到岛主们。只要让岛主们站在桑加这一边，达鲁修帝国就必须与桑加展开军事较量。达鲁修帝国不想真刀真枪地跟我们对抗。只要把这个问题处理好，就可以将战争防患于未然。

要让岛主们跟我们一条心，必须采取跟达鲁修帝国同样的手段，那就是在夺人性命的刀刃上裹满糖衣，用强势的军事力量做后盾，让他们看到闪闪发光的刀刃已架在脖子上，同时还要让他们知道做出选择的是自己，让他们自己选择责任和义务的一边，做一名忠臣。

所以我们就必须把顺序反过来。

首先要让他们知道不可以触犯王法，不敢谋反。要让他们知道没有选择的余地，就必须做得冷酷无情、不容动摇。至于裹上糖衣……那是之后的事情。

卡丽娜努力将脑海里丈夫的模样静静地埋在心底，挤出微笑。

"殿下，就请您看看我们国家的手段这次能不能经得住生死考验吧。"

卡丽娜说完，随即走到屋外守候的侍女那里准备下达命令，塔鲁桑却叫住了她："王姐……"

卡丽娜回头，只见塔鲁桑直勾勾地望着她。

"您相信我是被下了咒才做出那种事吗？"

卡丽娜认真地看着他说："我相信你。但是塔鲁桑，这不是我相信不相信的问题，你必须让父王和其他人相信你。"

塔鲁桑脸一沉。

"那就是说我还得带着这个冤枉的罪名？"

"要让岛主们知道自己犯了大罪，还能站在我们这头，其中一个条件就是必须让阿多鲁供出咒术师的秘密。"说完卡丽娜叹了口气，"你同情艾夏娜，我理解。但正是你这种想当然的行为才让敌人有机可乘。从这个意义上说这的确是你的罪。"

卡丽娜的话深深戳痛了塔鲁桑的心。

查格姆大吃一惊。艾夏娜的身体就要被抛下悬崖，他必须现在就说服卡丽娜才行。

"卡丽娜殿下，关于艾夏娜……"修加马上担心地看着查格姆，但是查格姆根本不理睬他，继续说道，"如果在被抛到海里之前她的灵魂就回到了自己的身体，是不是就可以不伤害她？"

卡丽娜心想查格姆太子怎么会突然说这个，微微皱眉说："是的。"

"卡丽娜殿下，您可能觉得难以置信，但是我可以告诉您，那个女孩的灵魂已经回来了。"

查格姆看到卡丽娜一脸困惑，说出了缘由。

直到他把话说完也没有人打断他。刚才大家还沉浸在有关阴谋的讨论中，要理解这个不可思议的事情，确实需要一些时间。

终于，卡丽娜平静地说："查格姆太子殿下，我相信您说的话。"

在一旁屏住呼吸的塔鲁桑听到姐姐这么说，脸上放出光来。可是卡丽娜还没有说完："殿下，请问您知道如何才能让艾夏娜的灵魂回到身体吗？"

查格姆眨眨眼睛："不，我并不知道方法。但是只要驱逐了那个霸占了女孩身体的咒术师就肯定可以……"

"那您能做到吗？能保证让她的灵魂回去吗？"

查格姆与修加对视了一下——不能说谎。

"可以尝试……但是不能保证一定能成功。"查格姆又补充道，"所以我才想求您能不能推迟后天夜里的那个仪式。我们想争取一些时间。"

卡丽娜用严厉的目光望着查格姆说："请原谅，殿下。即使那个女孩的灵魂回来了，但如果她不能回到自己的身体并苏醒过来，我们就无法改变要把她送回大海的事实。这不光是为了保持传统。如果那个可怕的咒术师正在利用那个女孩的身体，那么我们能够对抗咒术的唯一手段就是消灭他施行咒术的道具。"

查格姆感到一种冰凉的东西打在自己的胸口，他突然觉得卡丽娜的眼神竟然与父王的眼神十分相似。当初查格姆作为父王的亲生儿子，年仅十一岁，父王为了守住帝王的神圣这种幻想，竟然做出了杀掉亲生儿子的决定。那时父王的眼神就是这样的。

查格姆努力抑制住内心的愤怒，用严肃而神秘的目光盯着卡丽娜说："艾夏娜只是一个幼小的女孩。她不是工具，她是一个有生命的人。"

卡丽娜缓缓地摇头，然后坚定地说："可她目前正是无比危险的工具。殿下，请您谅解。"

说完，她优雅地深点了一下头便要离去，塔鲁桑再一次叫住了她。

"王姐，等一下！"塔鲁桑攥紧拳头说，"我听了王姐的教诲十分受教。可是对我来说，不光是艾夏娜、卡鲁修岛上的岛民，桑加所有岛上的岛民都是我的亲人。我心里这么待他们，他们才会相信我们，约南叔叔一直是这样教导我们的。如果约南叔叔健在的话，他一定会和查格姆殿下一样。我不会认为自己的亲人是道具。我们的士兵也都是如此，我们之间有海之兄弟的信赖。"

卡丽娜的眼睛里又浮现出不耐烦的神色。塔鲁桑由于情绪激动而脸色发红，声音也越发粗重。

"阿多鲁如果要谋反，肯定需要用兵。士兵们都是我的海之兄弟，我可以说服他们。他们不会相信阿多鲁的，肯定会相信我。你就让我去说服他们吧，王姐！"

卡丽娜摇摇头，叹了口气低声说："塔鲁桑，你太幼稚了。"

说完她又对查格姆他们施了一礼，随即离开了房间。

塔鲁桑浑身发抖怒视着姐姐离开的那扇房门许久，终于转过身来对萨鲁娜说："我……很幼稚吗？"

萨鲁娜低声说："要让岛主们的阴谋败露，就得欲擒故纵让他们先施行阴谋啊！"

慢慢地，塔鲁桑的眼里现出明白一切的神色，但是随即又显现出厌恶来。

"王姐……卡丽娜王姐是让阿多鲁姐夫的士兵去送死啊！故意让

他们按照阴谋去行动,然后再把他们抓起来处死。"

塔鲁桑和查格姆对视了一眼。塔鲁桑像倾诉一样地说:"就算是为了救国,我也不想白白牺牲士兵们的生命,这叫幼稚吗?"

查格姆不知该如何回答塔鲁桑,只是默默地望着他。

查格姆给父王写了信,并派三个侍从去送信,但这并没有想象中那么容易。因为这件事不能让其他人起疑,所以要偷偷地出宫。为此,在卡丽娜公主的安排下,这三个侍卫伪装成桑加王宫里的下人,通过王宫的专用出口出发了。

他们走后,查格姆想自己得做些什么,却想不出自己还应该做些什么,只好坐在地板上。塔鲁桑和萨鲁娜借来备用的夜灯提前回到了衣帽间里。

查格姆一盏灯也没点,就在一片漆黑中静静地思考。

他在想为了保护王国而把人视作工具的卡丽娜,在想不愿意看到士兵们为国家牺牲的塔鲁桑,还有那个叫艾夏娜的女孩。

桑加王国与北边的诸国都面临着巨大的危机。在这种时候,一个渔家女孩的生命简直就如同一粒沙子一样微不足道,在为政者们的眼中应是如此吧。

但是查格姆无论如何也不能放弃那个女孩。她现在是不是还在哭泣,还在纳由古的清澈的水里哭着要回到自己的身体……

如果我的灵魂离开身体也许可以救她。

查格姆的灵魂曾经从身体分离,飞到过纳由古,多亏被一个还在见习期的咒术师唐达救下，才得以重新回到自己的身体。

是唐达让查格姆变化成鹰隼，让他张开有力的翅膀从异界径直回到了自己的身体。

那时唐达在他耳边说过的话再一次在耳边回响——

改变你的身体是为了最大限度地发掘你自身灵魂的力量。你的身体是灵魂的体现。人的身体只能给你人跑步的速度，而变成鸟的身体就可以获得鸟飞行的速度。

飞行的力量就是你想生存的渴望。只要你渴望生存，无论面对怎样的痛苦和黑暗，你都可以一直飞下去。

查格姆闭上眼睛。

他感受到纳由古的呼唤。如果他做出回应，那么灵魂就会脱离他的身体。灵魂出窍后也许可以去跟那个邪恶的人厮打一番。即使对方是厉害的咒术师，如果两个人都是灵魂出窍的状态，那么决斗的胜负关键在于谁的意志力更强。

只不过……

到底值不值得为那个女孩去拼命？

即使是一种幻想，自己到底还是太子，这是不争的事实。在国家生死存亡的关头，太子自己先不明不白地毙命，那对于国民来说将是多么大的打击和凶兆啊！

国王还年轻。即使查格姆死了，对政权也没有多大影响。要等到三王子长到懂事的年龄还需要十几年吧。

然后，最重要的，到底应不应该按照自己的心意去行使正义而舍弃自己背后的国民们的倚仗之心呢？查格姆陷入了深深的矛盾中，难以抉择。

虚无缥缈的纳由古……

查格姆闭上眼睛，眼前浮现出纳由古的凛凛山河。那是一个生命的世界，是生命的力量驱动着一切的广袤世界。那个叫艾夏娜的女孩是不是也和以前的他一样，被命运之神选中成为连接纳由古和萨古的桥梁呢？

抑或她只是被纳由古人的美妙歌声吸引了？

以前他帮助精灵守护者造云弄雨，让水周而复始地循环。现在他与纳由古的种种到底是注定还是偶然呢？

不明白……什么也不明白。

这就如同在广阔的星空中伸出小小的双手妄想触摸星辰一样，手要伸向何方没有答案。广阔的宇宙中只有一片寂静。

在这广阔的世界里，查格姆觉得，有一种类似的命运，却和人们所说的命运有所不同。

纳由古和萨古这两个世界彼此重叠交错，互生互长。在这无比浩荡的循环之中有一个小小的节点，而他和艾夏娜似乎就在这个节点上。

然而人生在世，大多数人就像以前的查格姆一样，并不会感受到这浩荡宇宙的循环交错，只是随意而生，任凭命运吞噬。阴谋也好，战争也好，人的生命如此渺小，渺小得让人觉得不值得惋惜。

人，到底为什么而生呢？

查格姆心中体会着那个哭泣女孩的悲伤，却苦于自己不能对她的求救做出任何回应，长夜漫漫，他久久不能入眠。

2 攻与防

在离王宫不远的地方有一处专门供身份高贵的男人们享用美酒和美食的地方。平时这家店都是傍晚才开门，但是今天接到岛主们的命令，中午就打开店门准备好了最深处的一间宴会室，等待岛主们前来开会。

岛主们的神色有些紧张，这是因为今天一早国王就把负责守护岛屿的军队分别派遣到各个岛，调动军队，强化防卫。岛主们见此赶快召集了紧急会议。

往常这些岛主都有夫人陪同参加会议，可是今天王室的女人们都被集中到花亭议事，这对于他们来说是最好的密谈机会。

新鲜鱼肉与一种叫阿卡鲁的水果做成的沙拉，以及岛上少见的烤牛肉等美食摆了一桌子，可是几乎没有人夹菜吃，他们大白天的却只顾着喝酒。

"王室可能在怀疑我们，没想到他们竟会把我们手下的军队调走。"

"想那么多反而会被怀疑，这种情况让我们加强防卫是正常的部署。"

阿多鲁听着岛主们的对话，把酒杯往桌上轻轻一放。

"现在最重要的不是王室怎么想，而是你们怎么想。"

岛主们的嘈杂声像关了火的火锅里沸腾的泡沫一样，一下子就消失了，空气里弥漫着紧张的气氛。他们中间既有赞同与达鲁修帝国积极配合的人，也有静观双方形势变化的人。谁都不想在最后关头被出卖，所以在采取实际行动之前，他们都在互相试探。

"都这个时候了，还有什么可犹豫的？"

有一个眼眶发红的男人开腔了。这个人是在桑加王国中管辖众多群岛的拉斯岛的岛主。

"这就像是海潮的流向。桑加王室已经快要消失在旋涡里了。我们应该看清楚换哪个海流继续前行，否则我们也会跟着沉入海底。"

男人们纷纷发出咆哮，其中也有人另怀心事。可是到了这一步也只能跟着干了。

岛主中也有跟妻子感情深厚的。但是妻子们始终将维护王室的利益放在首位，一直不跟丈夫一条心，让人十分失望。虽然岛主们有跟王室血脉相连的妻子和孩子，但是就算孩子有王室血统也无权继承王位。在这个历史尚短的王国里，前几任国王都有儿子，所以岛主们一直被视作与王位无关的人。

阿多鲁喃喃道:"现在我们周围有达鲁修的密使在监视着我们。只要塔鲁桑被处死,我们就必须马上杀掉国王和卡鲁南王子以示忠心。但是现在塔鲁桑跑了,我们总不能等着把他抓回来处刑。怎么办?"

男人们面面相觑。拉斯岛岛主把酒壶往桌上一放,打破了沉重的气氛,淡淡地说道:"塔鲁桑王子跑了也还是死罪,没死也等于死了。我们必须得赶在国王发觉之前下手。"

夏恩岛的岛主点点头。

"是的,既然我们已经准备好了后边的事,现在就应该考虑怎么才能避开保护国王的近卫,对国王和卡鲁南王子下手。"

卡鲁南王子重伤在床,国王的警备也比以前更加严密。在王宫里对国王下手不太可能,而且也不可能先杀一个再杀另一个。因为只要对一个动了手,另一个就会严加防备,计划更难成功。就在男人们沉默着思考该怎么办的时候,阿多鲁说话了:"我有个办法,你们想知道吗?还是你们谁有更好的办法?"

男人们都苦着脸看着阿多鲁。阿多鲁微微一笑。

"我的这个计划要是成功了,你们要怎么谢我?"

拉斯岛岛主嗤笑道:"谢你?怎么谢?"

阿多鲁斜眼看着拉斯岛岛主说:"岛主联盟的盟主之位。跟达鲁修帝国谈判时,我坐第一把交椅。"

男人们交头接耳。阿多鲁见状继续说道:"暗杀国王是一件危险的事,而我愿意冒这个险。你们躲在我背后坐享其成,事成之后当然应当尊我为盟主。"

男人们互相看了看,最后还是拉斯岛的岛主说话了:"好吧。那先听你说说你的计划。如果计划成功了,我们会尊你为盟主。"

"那我们就白纸黑字为凭,所有人都用鲜血画押,不得出卖彼此。"

阿多鲁说完就在桌子上铺开一张纸,那张纸上已经写好了宣誓内容,其他人也只得按照阿多鲁事先计划的去做。拉斯岛岛主认真地看着他说:"行啊,准备得够周到的。希望你的计划也能一样周全。"

阿多鲁不理睬他的嘲讽,只往桌子前去,然后用充满诱惑的声音说:"暗杀卡鲁南王子必须和暗杀国王同时进行。卡鲁南王子那里

我想让一个专门为伤者祈祷康复的人去办。这我已经安排好了，以后再跟你们细说。问题是国王那边……国王的护卫稍有懈怠的时机只有一个，那就是举行纳由古路莱塔之眼的归魂仪式时。这个仪式无比神圣，要到海边悬崖那里去的只有四个祭司和国王。"

"不会那么容易吧？仪式的场外有重兵把守，我们可没有能力打得过他们。王室也是为防备这一点才把我们手里的兵都调走了吧。"

阿多鲁鄙夷地一笑。

"我们有兵。你们知道吗，今天早上塔鲁桑王子的卫兵们已经全被撤换了。"

岛主们听了都露出惊讶的表情。

"没错。他们全都被临时编到卡丽娜公主的卫兵队里去了，而且全都被降了级。负责今天夜里仪式保卫工作的就是这帮人。这是他们被降级后第一次执行任务。我打算用他们下手。他们大多是卡鲁修岛出身，我对他们比较了解。而且他们都对塔鲁桑十分忠诚，这次被降级，内心十分不满。"

"原来如此。你是想利用他们对塔鲁桑王子的忠心和对王室的不满情绪，让他们背叛王室？"

阿多鲁点点头，他把如何煽动卫兵情绪的重点一一讲了出来。听完之后，岛主们还是一脸担心。

"塔鲁桑王子并不在我们手里。万一他们发觉被骗了可怎么办？"

"只要把国王和卡鲁南王子成功干掉就可以了。别忘了我们有比北方诸国更加强大的达鲁修帝国做后盾，实力比原来更强大了。撇开将军们不提，处置这些下等士兵有什么难的？现在我们只要考虑如何让暗杀计划成功就可以了。"

阿多鲁边说边充满自信地笑着环视众人。

岛主们正在密谈的时候，司丽娜刚打完鱼回到岸边。

虽然她已经完成了多哥鲁交给她的任务，但是仍然不能马上见到爸爸和亲人，就连什么时候能再见都不知道。一想到这里，她就忍不住流下泪来。

但是总得先活下去吧。她每天住在家船上，白天出海打小鱼，然后把鱼分给拉克拉叔叔，让叔叔允许自己在他们家吃饭。司丽娜孤独极了。拉克拉也发觉了这一点，便让司丽娜留在店里，帮忙准备酒菜。

看着黎明中逐渐亮起来的大海，司丽娜心里惦记着明天夜里就要被扔进海里的艾夏娜。

当初卡丽娜公主问自己有什么愿望的时候，自己怎么没想到说艾夏娜的事呢？

司丽娜回想起美丽的卡丽娜公主，不住地叹气。现在已没有再去说的勇气。公主虽然很漂亮，却有股威严在身，让人不敢接近，就像带刺的玫瑰花似的。虽然她也是王室的人，却跟塔鲁桑王子完全不同。那天整个大厅里的气氛让人觉得，司丽娜根本不配主动跟公主讲话。

我怎么如此迟钝，怎么总在事后才想起当初该怎样做……

艾夏娜幼小的面孔一直出现在司丽娜的脑海里，就像扯不开的丝线一样怎么也无法忘记。

拉克拉的店里正在料理小鱼，用菜刀拍打新鲜的鱼肉和内脏，再拌上辣味调料，就成了一种叫恰阿木的下酒菜。在这个过程中，司丽娜始终在想着艾夏娜。终于，她放下手中的鱼，抬起头对拉克拉说："叔叔，如果，我是说假如，在最后的时刻，艾夏娜的灵魂回来了，那该怎么办？"

"什么？"拉克拉正伸手抓了一点恰阿木放在嘴里尝味道。

的确，一个女孩从悬崖被活生生地丢下海，想到这一幕，拉克拉心里一震。

"你快别说了，真不希望发生这么残酷的事。我们为她祈祷吧。"

"霍斯洛悬崖不是太高吧，掉下去能活命吗？"

"你不知道吧。我听说啊，丢下海之前身上会绑上大石头。而且那是夜里，不是白天平静的大海。大海一片漆黑，什么也看不见。不可能活命的……别想了，越想越难受。"

太过分了。居然还绑石头。

司丽娜浑身发抖。小时候自己亲手抱过的可爱的艾夏娜将被绑上石头扔进漆黑的大海里……

在王宫的院子里碰到她的灵魂时，她如泣如诉般的求救声深深刺痛了司丽娜的心。

我要救她。可是假如被扔进漆黑的大海，就像拉克拉说的，别说救她了，就连她掉在哪里都看不见。这时，司丽娜突然想起了自己在

第三章 举行仪式的暗夜

黑暗大海中的经历。

有了。

司丽娜想到了一个主意。

又过了一个夜晚，就到了举办纳由古路莱塔之眼还魂仪式的当天。

查格姆用过早餐回到自己的客房后，收到了一个美丽的花篮，是卡丽娜为感谢昨夜的款待送来的。萨鲁娜一看到这个花篮，马上拿起来说："这里边应该有信。"

如她所说，花篮的底下有一封用油纸包着的信。

"您看看内容。"

萨鲁娜催促查格姆看信。

"查格姆太子殿下。我衷心感谢您对我们王室的帮助。"

卡丽娜的信简明扼要。大致是说，今夜岛主们的阴谋就要付诸实施，国王将由国王的亲兵和卡丽娜的士兵保护。现在的问题是留在王宫里的卡鲁南王子该怎么办。由于不知道哪些士兵被岛主收买，所以希望借新约格王国的卫兵保护卡鲁南王子。

信上还写着：如果您答应这个请求，桑加王国将保证在今后百年里绝不侵犯新约格王国。如果新约格王国遭受外敌侵犯，桑加王国保证立即出兵救援，而且只要得到有关新约格王国的重大情报，他们马上会通知新约格王国。

查格姆抬起眼睛看着修加说："真不愧是卡丽娜公主提出的条

件啊。"

"那么，同意？"

修加眯着眼睛考虑了一下，说："问题是卫兵的数目。我有一个担心，那就是万一岛主们的势力强大，卡丽娜公主的计谋失败，那时候形势将会发生转变……现在这个王宫里聚集着所有桑加王国的友好盟国的王室成员。无论哪个人物被杀都不得了。他们都是能够动摇各自国家根基的重要人物。"

"啊……"查格姆睁大眼睛，"是啊。你是说万一达鲁修帝国一口气进军北上，趁这次机会一并打击北方诸国，可是个大好机会。"

"可是，这也要看岛主们有多大力量了。如果他们扳倒桑加王室很吃力，就无法再分出精力做别的了。不过，这种可能性也不是没有。"

修加的意思是说岛主们对卡鲁南王子下手，必须离间保护卡鲁南王子的卫兵。假如叛兵出手交战的话，任何事都可能发生。

"我觉得岛主们没有那么大的本事吧。"

萨鲁娜开口刚想说什么，却又把话咽了回去。虽然为了王室，她很想恳求查格姆太子答应借兵，可是考虑到可能带来的麻烦，她也不便多说。

查格姆一皱眉头，盘算了一会儿，然后猛地抬头道："咱们得多结交些朋友。"

"结交朋友？殿下，您的意思是……"

查格姆两眼生辉。

"这的确是一个不可多得的好机会，是我们增进与邻国互信关系的大好机会。萨诺拉鲁王国、罗鲁嘎王国这些远的国家先不说，我们要与北面的坎巴王国、西面的罗塔王国的国王秘密联手。他们现在遇到的危机与我们其实是完全一样的，如果桑加王国落入达鲁修帝国之手，说不定罗塔王国比我们还要早遭到侵略。坎巴王国虽然离得远，一时半会儿不相干，但是迟早也逃不开被侵略的命运。如果桑加、罗塔，还有我们新约格王国都落入敌手，那么他们也无法生存。"

修加感到心中涌起一股激情。

"殿下，您给我一点儿时间，让我好好想想我们应该怎样跟他们联手。"

查格姆微笑着点点头。他心中灰暗徘徊的愁云散开了，取而代之的是一种带着紧张感的兴奋和激动，就好像看着战争模拟沙盘突然想到了一个好战术一样。

不过，在与坎巴国王和罗塔国王交涉之前，必须得跟卡丽娜商量此事。但是跟卡丽娜见面的机会不多，要等到午宴才行。

卡丽娜在人前假装欢笑，可实际上她的眼里连一丝笑意都没有，反而有一种刚毅。

国与国之间的关系不像两个人互相帮忙那么简单，那意味着重大的利益交换。桑加王室如果同意联手对付达鲁修，就如同给自己的国家背上了一个包袱，等于欠了新约格王国、罗塔王国、坎巴王国的人情。可是，如果不这么做，国家腹背受敌，形势十分危急。卡丽娜给查格姆倒了一杯水果酒，点点头说："我明白了。昨晚父王已经把这件事全权交予我，由我出面请求您帮忙联合他国。我会给您准备我方请求援助的公函，麻烦您转交给其他各国。"

说完，她瞟了一眼坐在对面的坎巴国王，对查格姆说："罗塔国王贤明，这种局势他应该能够立即做出判断，站在我方。但是殿下，那个坎巴国王可能不太容易说动。"

查格姆眉头略抬。

卡丽娜继续笑着说："一向以刚强勇敢著称的坎巴的'王之枪'们要是能站在我们这边，那就太好了。不过就算只有新约格王国和罗塔王国肯与我们联合，我们已经感激不已。如果谈得顺利，请您送一个回礼的花篮来通知我，可以吗？"

查格姆把杯中酒一饮而尽，点头答应。

"交给我吧。"

卡丽娜的眼睛里闪烁出坚强的光辉。

"晚宴后将举行纳由古路莱塔之眼的还魂仪式。这个仪式在霍斯洛悬崖举行，就是王宫所在的海角西侧的岬角。由于这个仪式是桑加的传统秘密仪式，因此宾客们不能前往，只能留在这边。前往霍斯洛悬崖时有卫兵在前开路，但是能够进入仪式场地内的只有王室的人、四个祭司及随从，还有就是岛主们。"

查格姆示意了解，卡丽娜微微低头说："我想在宾客的宴席中设置一个特别的席位。桑加有歌舞能医病的说法，我想把卡鲁南王兄的病床搬到筵席中间来，这样也便于保护他。"

"他的身体经得住搬动吗？"

"他的血已经完全止住了，意识也清楚。我跟他说了目前的情况，王兄他本人也赞成我的意见。王室所有人都会到仪式现场，王兄他都清楚，您不必担心。"

卡丽娜说完姿势优雅地把自己杯中的酒一饮而尽，留下一句："看样子今晚的风可能不小啊。"

晚餐之后，阿多鲁接到通知说为了给卡鲁南王子疗伤，将举办歌舞之宴。阿多鲁不禁想知道自己美丽妻子的表情，因为这个宴会是他期盼已久的绝好的下手机会，事情如此顺利反而让他有些不安。

"把王兄搬来可行吗？在他的病房里举行歌舞仪式不行吗？"

只见卡丽娜坚决地摇头说："不行。我想让各国国王在回国之前看到王兄的身体并无大碍。医生们都说没有太大问题。"

按照桑加的传统，节奏缓慢曲调轻快的歌舞能够起到为病人驱邪、祈祷康复的作用，是一种神圣的宴会。在这个宴会上，不管是主人还是客人都不可以携带兵器，就连保护国家最高长官的卫兵也不得携带武器进入大厅。这是规矩。

当然为了保护卡鲁南王子，大厅的外边肯定有很多卫兵把守。但是自己安排的刺客应该可以躲开这些卫兵。

天助我也。

阿多鲁极力掩饰自己内心的兴奋，不让自己表现出来。

回国的日子临近，想在回国之前跟各国的国王告别——查格姆就是以这个名义首先向罗塔国王发出了谒见的请求。罗塔国王今年四十五岁，正值一个男人的黄金年龄。他认真地听查格姆讲述，那表情如湖水一般平静，就像听自己的儿子说话一样。罗塔国王的笑容让查格姆想到了自己的父亲，人们无法从那表情中看出他的任何想法。

罗塔国王打开卡丽娜的公函阅读完毕，便交给平日器重的大臣们传阅，征求意见。他的确是以惊人的速度就决定站在桑加和新约格这一边的。这样的决策速度说明这位国王平时就很得群臣的爱戴。

罗塔国王约萨穆长得跟坎巴人很像，有着魁梧的体格。他以带着罗塔语口音的抑扬顿挫的语调用约格语说："北方一直都很太平。我们这些小国靠彼此之间保持不亲不疏的君子之交也可以过得很好，却不能保证一直如此太平。罗塔王国也好，新约格王国也好，都不是大国。巨浪来时我们还是要彼此携手渡过难关。"

查格姆带着深深的谢意对罗塔国王行礼，离开了他的房间。

坎巴国王居住的别馆在北侧。因为他们是北方民族，所以给他们安排的是通风条件最好的清凉住处。

查格姆走在回廊中，柔和的灯光将影子投在他脚下，他感到越来越紧张。

坎巴国王是个什么样的人呢？

打开门，坎巴国王拉达从宽阔的房间中央站起来。他身旁还有四个魁梧的武士，每个人左手都拿着一套有金环的长枪，更加显得国王本人有些纤弱。

国王额头沁着汗水。他身上穿的是坎巴夏服，不过当地夏天的衣服也是毛料的，所以看上去很热。国王撩了一下挡在额头前面的棕色头发，请查格姆坐下。

查格姆把他对罗塔国王说过的话又重复了一遍。听着查格姆的一番话，坎巴国王眉头紧锁，能看出他有些紧张。当他看过卡丽娜的公函后，还是一脸犹豫。随后他把公函交给两旁的"王之枪"看。

"你们觉得如何？"

有一个年老的粗哑声音回答国王的询问："我想先听听陛下您的见解。"

国王的眉头锁得更紧了。他无奈地眨了几下眼睛对查格姆说："查格姆太子殿下，您说的我都清楚了。但是我们国家与桑加相距甚远。即使达鲁修帝国攻打过来，也很难越过巨大的山脉，这是我们的天然屏障。况且……"

说到这儿，国王的嘴边露出苦笑。

"我们国家贫穷落后。像桑加这样富饶的国家，肯定有人不惜流血牺牲也想得到。但我想应该没有人愿意付出代价征服我们坎巴王国吧。"

"坎巴王国不是有绿霞石吗？"

坎巴国王一下子没话说了。绿霞石是一种会发出绿色光辉的不可思议的石头，是只有在坎巴才能采到的名贵宝石。

"绿霞石跟别的宝石不同，不是人能采到的。"

国王慌慌张张地想否认查格姆的说法，但是一时无法说清，只说了一句话便沉默下来。这是因为绿霞石的开采过程是保密的，不能对外人说。

查格姆看到国王沉默了好一会儿，便又开口说："可是达鲁修帝国不知道这些情况，我觉得坎巴王国对他们来说也会是一个有魅力的地方。"

坎巴国王的脸上马上浮现出拒绝的表情。

"要真是这样，我就更不能接受你的提议了。如果说为了保护卡鲁南王子而出兵，我身边的护卫就会变得薄弱，如果我被刺客暗杀了，后果可是无法挽回的。"

坎巴国王两旁的"王之枪"们飞快地对视一眼，却没有逃过查格姆的眼睛，他们的表情像吃了黄连般苦涩。他们似乎想说什么，但是为了尊重国王的想法，都没有说话。

查格姆下定决心对顽固保守的坎巴国王说："我是您的晚辈，原本不该说这样的话，失礼之处还请您原谅。我以为，当邻国遇到危难时，不施援手，置身事外，并不能保护自己的国家。新约格、罗塔都已对桑加伸出援手，就请您也伸出援手吧。"

坎巴国王雪白的脸腾地红了。

"我不客气地说一句，您现在还是太子吧。您用这种仿佛自己是一国之君的口气同我说这话，合适吗？您说的话能有多大的分量？就算您代表新约格王国跟我们坎巴王国定下了友好盟约，若您的父王毁约，您有能力扭转局势吗？"

查格姆感到热血瞬间涌到头上。这个浑蛋！要是能这么骂他一顿那该多解气啊！可是查格姆努力控制自己的呼吸，压住自己的怒火。

第三章 举行仪式的暗夜　　209

"拉达国王陛下，的确，我现在还是太子。但是总有一天我会成为国王。您如果觉得现在的我跟您建立友好关系没有价值的话，您可以当是坎巴王国跟未来的新约格王国携手。"

坎巴国王听了这话好半天闭口不言，最后只说了一句："让我想想。"即使查格姆告诉他事情紧急，他也不为所动。

查格姆生了一肚子气回到自己房间，他正想向修加和萨鲁娜他们讲述经历的时候，有个侍从敲门通报有来客。

塔鲁桑和萨鲁娜赶紧回到衣帽间里躲起来。几乎与此同时房门被打开了。

进来的是个让人意想不到的人。跨着大步走过来的正是坎巴国王身后的"王之枪"当中的一个。这个高个儿年轻人对查格姆行礼之后说："在下加姆·穆萨，是穆萨氏族长的长子。现在担任'王之枪'。在下奉命向您传达坎巴国王的口谕。"

他用洪亮的声音继续说道："刚才您说的事我们国王答应了。坎巴也将和新约格王国、罗塔王国携手共同谋事。"

查格姆感到意外，望着那个年轻的武士说："那太好了，非常感谢。可是国王怎么会改变心意？"

这个叫加姆的年轻武士的脸上掠过一丝微笑。

"他不是改变心意，而是深思熟虑以后做出了这样的决定。本国国王并不是当机立断之人。"

随后加姆的表情又重新变得严肃，说："坎巴的士兵由我指挥。'王之枪'本来是保护国王的武士，不能保护他人。但是这次坎巴国王特别授权于我，今后需要如何行事还请直接告知在下。"

他的话将坎巴武士的直率性格展露无遗。

"请转达贵国国王，查格姆深表感谢。'王之枪'威震四方，此次必能助成大事。"

加姆垂下头，退了出去。

塔鲁桑和萨鲁娜听到加姆出去时关门的声音后便走了出来。

"我们已经按计划把一切能做的都安排好了。"萨鲁娜低声说。

查格姆点点头。

"希望这次能够成功。时间不多了，我们得早点儿部署。这个房间附近应该没有人了，你们赶快沐浴休息吧。"

萨鲁娜一脸疲惫地笑了。查格姆昨天也特意安排了给萨鲁娜他们洗澡的时间。这个太子心思缜密，萨鲁娜真心佩服。

"谢谢您。我们能洗澡全承蒙您的照顾。今夜无论发生什么事，我都要以最好的姿态出现。"

塔鲁桑听着他们说话，却仿佛充耳不闻，只是望着泻满午后阳光的窗台发愣。

3 歌舞之宴

巨大的夕阳把海水染成了深红色。

人们各怀心事,在落日的余晖中赶赴宴会现场。

在晚饭之后举办的宾客送别会上,卡鲁南王子被四个人抬到宴席中间,这件事引起了轰动。卡鲁南王子面无血色,但是意识清晰,还对上前问候的客人轻轻摇晃右手示意。

宴会厅的窗户上雕刻着藤蔓缠绕花朵的图案,傍晚的余晖透过窗户在白色的墙壁上涂了一层金色,傍晚盛开的哈诺拉阿尔花散发出的甜美香气弥漫在整个大厅里。

卡丽娜自然地将卡鲁南王子置于新约格王国、罗塔王国及坎巴王国的宾客之中,以方便保护。他们的席位背面是墙壁,也可以防止有人从背后攻击。

其实卡丽娜公主还有其他部署,查格姆却在内心暗暗祈祷那张最后的王牌最好派不上用场。因为他不想看到有人流血。

宴席会场上还坐着一个人,那就是纳由古路莱塔之眼。这是给她最后的招待了。一直在一旁照顾她的侍女轻轻地抬起她的下巴,把果汁一点一点地喂进她的嘴里，这情景实在是让人难受。靠这样的喂食，她的身体到底能吸收多少？她看起来比第一次露面时明显更加瘦小了。

在她的身体里隐藏着一个邪恶的咒术师。

一想到这里，查格姆就像被泼了冰水一样不由得起了一身鸡皮疙瘩。查格姆生怕对方察觉自己，便尽量不去看纳由古路莱塔之眼。

随着日头西落，窗外渐渐变得一片黑暗。香格拉姆笛的声音响起，赤裸的身体上画着鲜艳图案的歌者和舞者登台，节目开始。

随着微笑、鼓掌、喝酒，查格姆沉闷的心情逐渐好转。

防守坚实。该做的都做了。只是还有一条命自己救不了。

"修加，"查格姆低声说，"你不是会天道和咒术吗……"

修加不知查格姆为何突然提起这个，歪着头看他。

"你试过在人的世界与纳由古之间穿越的那种感觉吗？"

修加眨眨眼。

"试过。就像两条海流相遇一样，在几个异世界间交错穿梭的那种感觉只要体验过一次，就能感受到宇宙之大，自身之渺小。那时候就觉得什么仪式也好，什么出人头地也好，什么痛苦也好，都无聊至极。"

修加一脸苦笑地看着查格姆。

"不过大多数时间人们是不会这么想的。我生活的世界充满了争斗。如果我没有循着圣导师的路走，而只是一个普通的观星博士的话，估计也只会望着天过日子吧。"

查格姆听了修加的话，呆呆地望着窗外。

"您为什么问这个？"

查格姆回过头看了修加一眼。

"我只是觉得人是太不可思议的生物了。他们根本不关心孕育了自己的世界，不关心世界如何运转，而是只想着这种——"

说到这里，他的眼睛落在大厅的人群中。

"人与人之间的关系，国与国之间的交涉。有的人本来已经过得很好，却还要把手伸到别的国家去。就是因为有这样的人，世界才会被搞得一团糟。"

查格姆目光锐利。

"我曾经拥抱过精灵的卵，这是给我们生活的世界带来温柔雨水的精灵。可是对我起的作用，我的父亲和圣导师们都不认可，一心只想杀了我。他们只看得到我们这个世界。异界的精灵对于我们人类有什么样的意义，他们根本不关心。就连我这个人的命都可以抛弃。"

查格姆转头又望着修加说："你让我为了自己的国家而活，你说这是比任何事都更加重要的事。我也知道我必须这么做。可是修加，真的是那样吗？"

修加被查格姆严肃的表情骇住了，没有回答。

"那时候我只是一个十一岁的孩子。如果当时被杀了，我现在不可能站在这里。我遇到的一些人，他们不是为了保护国家，也不是为了钱，仅仅是为了保护我这个幼小的生命，就算牺牲自己也在所不惜。如果没有他们，我现在不可能在这里做这些事。"

"殿下……"

修加正想说什么，突然传来一阵响亮的钟声。那声音是从钟楼传来的，当……当……钟声的余音在夜空中颤抖着，那是月亮升起时敲响的钟声。歌舞的喧哗声突然消失了，大厅里一片宁静。桑加国王挺着将军肚缓缓地站起身，用洪亮的声音说："月亮升起来了。纳由古路莱塔之眼啊，您该回到您的故乡了。请大家继续欣赏歌舞，王室成员现在将恭送纳由古路莱塔之眼到霍斯洛悬崖。请各位就在此地继续欣赏歌舞。"

只见纳由古路莱塔之眼被侍女们搀扶着站了起来。王室成员和岛主们围着这个小女孩走出了大厅。

过了一会儿，窗外传来一阵奇怪的声响。那是像鸟叫一样悠长的声音，时高时低，时而连续，时而中断。

桑加的一位大臣看到宾客们脸上纳闷儿的表情，解释道："那是哀歌，是纳由古路莱塔之眼要离开我国回到大海的哀歌。"

一位好奇的宾客站起来看，其他人也跟着他一起来到西边的大窗户前往外看。查格姆嘱咐护卫们要保持警戒之后，也走到窗子旁边。窗外的空气带着海风的咸味和湿气，扑面而来。

漆黑的院子里似乎有什么在闪闪发光。有人排成一列走在通往王宫大门的路上。走在最前边的人手里拿着火把。这火把的火焰非常奇特，火苗燃烧一下就灭了，冒出一团烟，过了一会儿再次燃起火苗，之后又灭了。

"那是用芒草点的火。"刚才解释的那个大臣说，"一会儿燃烧、一会儿又熄灭的火焰代表生命的无常。从这里到霍斯洛悬崖要点燃一千束芒草。"

客人们听了有些伤感,都望着那一会儿燃烧一会儿又熄灭的火焰。

"到霍斯洛悬崖远吗?"查格姆问。

"霍斯洛悬崖与这座王宫所在的海岬后端相连。走过去大概要二十分钟。"

等到一行人走到宫殿后边看不见了,客人们才重新回到自己的席位。

查格姆也回到了自己的座位。芒草那若隐若现的火焰却留在脑海中无法消散。他们要走到漆黑的海岬上去吧。这一行人的最前头一直点着这样时隐时现的火把。查格姆内心充满悲哀,闭上眼睛祈祷。

眼泪禁不住要流下,查格姆赶紧睁开眼睛准备擦拭自己的右眼。就在这时,发出了咔的一声轻响,自己的袖口处似乎有什么东西,原来是一张叠得很小的纸,上面写满了桑加文。查格姆在膝盖上把那张纸打开,目光随着文字移动,感到心跳加快。

塔鲁桑……你怎么这样!

那是塔鲁桑在匆忙之中留下的潦草文字。这一定是他藏在衣帽间里的时候写的,然后将其偷偷藏在查格姆的衣服袖子里。应该是昨天晚上萨鲁娜沐浴,他一个人独处的时候写的。

查格姆太子殿下。殿下对我的救命之恩未报，我却如此辜负您，还请原谅。我不能眼看着士兵被杀。他们是看着我长成海之男人的我的海之兄弟。他们与我之间有阿多鲁不曾经历过的同生共死，有卡丽娜王姐不能理解的情谊。

我能记起他们每个人的样子，就算他们背负着谋反的罪行，我也不能坐视不理。我的叔叔约南大将军曾经对我说过，国王是在士兵背后被保护的人，将领是站在士兵的前面率领他们的人。如果将军不能拼命，士兵也不可能拼命。只有有身先士卒的觉悟，才能得到士兵的信任。在士兵身处险境的危急关头，请原谅我不能躲在殿下您的背后自保。在此，我就把萨鲁娜王姐托付给您了。

修加看完查格姆给他看的字条，不禁面露苦涩。
"还来得及制止他吗？"查格姆低声问他。
修加微微摇头。
"来不及了。我们不能离开这里。任何异常的举动都可能破坏整个计划。"
塔鲁桑的心情可以理解，查格姆气愤的是他太孩子气了，他自己是痛快了，可是这样做会给周围的人带来多少危险，他怎么一点儿都不考虑呢！
塔鲁桑连萨鲁娜的一片心意都辜负了，什么都不顾了，查格姆实在无法原谅他。

查格姆虽然为萨鲁娜生塔鲁桑的气，可实际上萨鲁娜知道塔鲁桑会溜走。她知道，却没有制止。

就在她察觉到塔鲁桑要逃离王宫去救士兵之后，萨鲁娜也暗自决定实施一个计划。

这是因为今夜的行动即使完全按照卡丽娜的计划顺利进行，塔鲁桑和萨鲁娜也不会有什么好结果。但是只要萨鲁娜的计划成功，那么两个人就可以重获自由。萨鲁娜在弟弟身上下了赌注。

当她把自己的计划告诉塔鲁桑以后，塔鲁桑的眼睛发出希望的光芒，发誓一定会谨慎行事。

她送走弟弟之后，就跪在斜射进一点光线的小屋里拼命祈祷：大海母亲啊，求您让他的小船顺利穿过巨浪，求您保佑我们躲过这场灾难。

国王他们离开仪式会场好一会儿了。大厅里的气氛达到了高潮。

原来的表演班子演完一段下台去了，新的舞者接着表演。这些舞者的身体像皮鞭一样柔软，他们能够连续跳跃着表演翻跟头，脚稍一沾地马上就能弹跳起来。大厅的中间到两边一共有十五个男舞者不停地在空中互相交错翻着跟头。他们周围还有十五个美女也和他们一样在空中飞舞。三十个技艺精湛的舞者的精彩表演把气氛推向了高潮。

他们的手腕和脚腕上戴着闪光的铃铛，每当他们跳起来，铃声就会响彻大厅。而歌手的歌声刚好压着铃声的节奏，十分协调。客人们的情绪被调动起来，给予他们热烈的掌声。

就在客人们欣赏精彩的演出，把纳由古路莱塔之眼的悲剧都忘在脑后的时候，突然一阵响亮的钟声响起，打断了热闹的歌舞声，那钟声意味着纳由古路莱塔之眼一行已经到达霍斯洛悬崖。

坎巴王国的"王之枪"加姆·穆萨被安排在了离卡鲁南王子最近的位置，他突然有一种怪异的感觉，那是习武之人独有的感觉。

不知疲倦的舞者们的动作开始变得杂乱。

当，当，当……当加姆看到从半空中往自己这边下落的舞者的手之后，立即屈腿将手伸到卡鲁南王子的床下。

舞者手中飞出一道光，直奔着卡鲁南王子的身体而去。

加姆从床下取出长枪，一下将其打飞。

只听当一声金属相撞的刺耳声音，什么东西被打上了天花板而后落下。

与此同时，三十个舞者全都从腰间取出短剑握在手中，朝卡鲁南王子砍去。

"有刺客！"

随着加姆手握长枪一声大喊，罗塔、新约格、坎巴的武士们纷纷从地毯下面取出事先藏好的盾牌和武器，将卡鲁南王子和各国的宾客保护在中间，形成了严密的防护。尽管如此，还是有两个罗塔士兵的动作稍慢，喉咙和胸口被飞来的短剑击中，新约格的一个近卫兵也肋下中剑倒下。

随着当啷一声巨响，大厅的门打开了，直属卡丽娜的士兵们冲进大厅，将目瞪口呆的桑加大臣们和宾客们护在身后，形成一道屏障，阻断了被岛主们收买的刺客们的退路。

虛空旅人

这一切都发生在眨眼之间。等大家回过神来，发现舞者们在大厅的中央不知所措。

这时卡鲁南王子从床上半坐起来，说："结束了。扔掉武器！"

那嗓音听起来不像是出自一个病人之口，安静的大厅里能够听得很清楚。

刺客们的表情让人看到了穷途末路的疯狂。他们刺杀王族失败，只有死路一条。

刺客们绝望地发出叫喊，声音刺耳得令人不禁捂住耳朵。就在这时，刺客们从胸前的装饰中取出预备的另一支短剑，朝堵住他们的士兵们砍去。

一时间，惨叫声与刀剑之声相交，碰撞出的火花在整个大厅闪烁。

有几个人杀出重围逃走了，但是大多数刺客都丧了命，再也没能离开。防守的一方也付出了代价：桑加的士兵伤的伤、死的死，倒在大厅的门口附近。那情形简直惨不忍睹。

查格姆呆呆地望着这一切——他简直不能相信发生的这一切都是真实的。突如其来的死亡，不堪一击的生命转眼变成一具具尸体，那情形让人不忍目睹。不知姓名的男女的身体像物件一样散落一地。那场面让查格姆觉得无比难过。

这都是什么啊……查格姆想。这是他当初计划这件事时从没想过的结果。把剑藏在地毯下，部署士兵。那时候查格姆的脑子里只是想着应该正确分配兵力，那时候他考虑的兵似乎只是棋子。

查格姆颤抖着身体望着只剩一丝气息的士兵翻白的眼睛。他现在看到的是什么呢？他能感觉到自己的生命正在消逝吗？他在想什么呢？

正在救治负伤士兵的修加的声音和周围的杂音似乎很遥远。世界好像正在离自己远去，查格姆恍惚中听到钟楼的钟声一直响个不停。当这钟声停止的时候，艾夏娜就要被抛下大海。

仪式现场那边也会发生跟这里一样的悲剧吗？

够了……

查格姆心中涌起一股悲愤，强烈到几乎使他耳鸣。

一瞬间，查格姆感到眉间一阵刺痛……

4 断崖

月亮的光辉照耀着大海，隐隐约约可以看见海岬粗糙的岩石。

参加归魂仪式的队伍抵达了悬崖的最前端，在岩石中间的祭坛上点起巨大的篝火。

两堆篝火燃起，在遥远的王宫里的钟楼上的人收到信号，开始撞钟。

祭司分站在祭坛的两侧，喃喃地念着向海神祷告的祷词。祭司的身后是纳由古路莱塔之眼和照顾她的随从及桑加国王，再往后是站成一排的岛主们。王室的女人们站在仪式场外为仪式祈祷。

国王的近卫兵形成一个圆圈包围着仪式场，这些近卫兵原本归塔鲁桑管辖，现在被编入了卡丽娜公主的卫队。

祭坛的中央有一个高台。

侍从们从两边牵起纳由古路莱塔之眼的小手，小心地带着她走上高台，把她抱上去站在上面。

在高台上独自站立的女孩，头发随着海风飘舞。

侍从们用粗粗的绳索捆绑住女孩瘦弱的身体，绳索的另一头绑着一块石头。绳索每绕一圈，女孩的身体就随之摆动一次，实在可怜。

还没动静……

卡丽娜关注着一切。她异常紧张，拼命告诉自己绝不能错过最关键的一刻。

阿多鲁不知道，其实剥夺岛主们的军队，将塔鲁桑的士兵降级并改变其编制，这一切都是卡丽娜一手策划的，目的是引蛇出洞。因为这样岛主们就会渴望夺回属于自己的军队，自然就想到利用对国王不满的塔鲁桑的卫队来谋反。

卡丽娜想借此机会连同塔鲁桑的卫队一起处置掉。虽然他们没有多少人，但是这些人对塔鲁桑忠心耿耿，这种忠心在国王军队的内部反而是不和谐的危险音符。但是又不能无凭无据地处罚他们，因此让他们参与到这个阴谋中来，就有了能将他们一举消灭的借口。

卡丽娜暗自认为，桑加王国应当尽早摒弃自海盗时代以来的雅鲁塔西·修里的传统，这些人敬佩豪爽如塔鲁桑这样的男人，并发誓效忠于他。

王国不需要对个人忠诚的士兵。王国需要的是对王国忠诚的士兵。

你们赶快谋反吧，士兵们。

他们动手的瞬间就可以对他们定罪处罚。国王的近卫兵形成对他们的包围，只要他们听从岛主的命令一动手，就可以按照事先的安排马上刺死他们。

塔鲁桑的士兵可能事先接到了杀死国王近卫兵的命令，可是从数量上看还是近卫兵的人数占优势。

所有人都各怀心机，等待着同一个信号。

侍从给女孩绑好绳子以后，国王走上前去，站在女孩的面前，准备送上临别的话语。就在这一刻……

阿多鲁高喊一声："上！"岛主们一齐从怀里掏出短剑。他们一边向国王逼去，一边命令塔鲁桑的士兵："干掉近卫队！"

国王噌地一下站起来从怀里掏出短剑，面朝突袭而来的岛主们摆出自卫的架势。卡丽娜全身戒备，等待国王的近卫兵应战。

两边的士兵正在互相对峙的时候，突然间，一声巨响打破了黑暗。

"不许动！"

与此同时，正扑向国王的岛主头领阿多鲁突然摔了个倒栽葱，然后四脚朝天被一个人压倒在地上。

阿多鲁根本不知道到底是怎么回事就已经躺在了地上。他用眼睛的余光看到有东西在发光……突然右肩感到像被棍棒击中一般的剧痛，随即又在地上翻了一圈。

他想动却动不得，就像被粘在了地上一样。

原来有人用鱼叉击中了阿多鲁，那个魁梧的身影走上前，篝火的火光映在他脸上。当在场的所有人看清了那张脸时不禁大吃一惊，倒吸一口凉气。

"疼不疼？阿多鲁。我再也不会叫你姐夫了。让你尝尝我王兄的痛，你给我记住！"

塔鲁桑低头看着在地上呻吟的阿多鲁，用冰冷的声音说完这几句话后又看向卡丽娜。他用在场所有人都能听见的声音大声对姐姐说："王姐！我成功了！王姐你让我假装打伤卡鲁南王兄，并且欲擒故纵让敌人的阴谋败露。一开始我还不相信，没想到这么顺利就让他们原形毕露。"

啊……

卡丽娜看着弟弟，一句话也说不出来。

这是萨鲁娜教他说的吗？说得真有底气……在这种场合让塔鲁桑说出这样的话，立即就能将他和萨鲁娜的罪行洗清，卡丽娜不禁为萨鲁娜的手腕感到浑身一震。

"我的将士们！我的雅鲁塔西·修里们！我连你们都隐瞒，真是对不住了。但是这样一来，就能看清谁是我们的敌人了。感谢你们大家立刻遵守我的命令，我打从心眼儿里感谢各位的忠诚！"

随着塔鲁桑洪亮的声音传遍整个仪式场地，士兵们传出欢呼声。塔鲁桑一边听着震耳的欢呼，一边目不转睛地看着卡丽娜。

国王被这突如其来的事态发展弄得有些不知所措，但他很快就搞清了状况，立刻恢复了威严。

"干得好，塔鲁桑！不愧是我的儿子！阿多鲁，还有你们这些岛主，在这危急关头背叛王室可知罪……"

话还没说完，国王突然就没了声音。

"不许动！桑加国王。你动一下试试，你的命可就没了。"

从黑暗中传来一个纤细的女孩的声音。声音虽然是女孩，可是从语气判断，说话人明显是个男人。大家都呆住了，搞不清状况，全都一动不动。

站在高台上的纳由古路莱塔之眼拿着闪光的凶器抵在国王的脖子上。原本蒙着眼睛的布不知何时被取下来了，那可爱的小脸上浮现着成年人才有的扭曲的笑容。

"抵着你脖子的是一根针，针上涂满了拉酒儿鱼的毒汁。你们桑加人应该知道这毒的厉害吧。"

卡丽娜听到黑暗中传来的那个声音，不禁感到汗毛倒竖。形势一瞬间逆转，谁也没想到，谁也无法相信，全都呆呆地看着纳由古路莱塔之眼。

艾夏娜的灵魂飘浮在漆黑的虚空中俯瞰整个仪式现场。她也只能看着，什么都做不了。有人被鱼叉刺伤在地，有人用自己的身体说出恐怖的话，这一切她都看在眼里。

虽然不知道到底发生了什么事，不知道是谁占据了自己的身体，但是眼前那个不属于自己的身体要杀人却看得明白。

好可怕……艾夏娜感到害怕，却不知该怎么办。她哭了起来。

"妈妈，救救我！"艾夏娜一边哭一边用力呐喊呼救，"妈妈！"

艾夏娜的灵魂颤抖着，呼叫着，求救的信号被传送出去。

她的呼喊带动琉璃色的水一起震动，一圈一圈地荡漾开来。艾夏娜灵魂的悲鸣穿过虚空，传到了一个能听见的人的耳朵里……

从眉间到鼻腔一阵剧痛……突然闻到一股浓郁的纳由古的水的气味。同时耳朵的深处听见呼喊的声音。查格姆捂着胸口，跪倒在地。

"殿下？"

修加赶忙扶住查格姆的身体，查格姆却根本感觉不到修加的手。艾夏娜的悲鸣在胸中响起，与那些血的气味和痛苦的呻吟声交织在一起。

够了！

查格姆咬牙下了决心。

人死得已经够多了。

他在虚空中看到一个小小的光点，那亮光就像芒草的火苗一样时隐时现。

突然，一股强烈的愤怒涌上心头。

那个用年幼女孩的身体作为自己道具的咒术师，为了保护王室不惜杀害女孩的卡丽娜，还有眼看着女孩将被害死却袖手旁观的自己……

"对不起，修加。"

修加睁大眼睛问："殿下？"

查格姆闭上眼睛，额头冒出亮光。那亮光在额头上留下一道尾巴，瞬间升到空中消失在窗外。修加惊讶得几乎无法呼吸，呆呆地目送那光亮就此消失。

就在查格姆的灵魂离开身体的瞬间，他的身体一下子变得很重，压得修加几乎支撑不住。

我得去追他。越快越好！

要是不快点儿追上他，查格姆的灵魂就会和咒术师相遇。查格姆哪里是咒术师的对手！

可修加干着急，身体却没有任何变化。身体像不是自己的一样变得麻木，丹田之上颤抖起来。修加的灵魂还一次都没有离开过自己的身体。

修加咽了咽唾沫，用嘶哑的声音对士兵说："这是太子殿下为了避免玷污灵魂闭关去了。我得去保护殿下的灵魂。在我专心祷告期间，你们保护好我和殿下的身体！"

修加把查格姆的身体抱到墙边靠着放好，然后拼命在口中反复默念咒术师特洛盖伊教给自己的咒语。

可是，还是没有任何变化。他仍然能听见人们愤怒的叫声和喧闹声，无法集中精神。

要集中精神在咒语上，集中精神在咒语上！

修加闭上眼睛，默念咒语并仔细聆听自己说出的咒语。就在不断重复的过程中，一个奇妙的瞬间终于到来了：他身体发热，像燃烧一样发烫。他感觉自己越来越小，越来越小，渐渐变成一个白热的小球……

奇怪的是，他模模糊糊还能看见东西。那好像是从上空俯瞰自己的鼻子。就在这时，他好像脱掉了重壳，身体变得像风一样轻。

近卫兵们看到修加像个断了拉线的木偶一样瘫倒在地上。

钟声还在回响。夜空中的钟声不断地响起，让人发抖。

从远处断崖仪式场那边吹来的风里带着一种紧张与焦躁。

霍斯洛悬崖的下面有一座岩石堆，司丽娜就藏身在这里。她不知道上边到底发生了什么，只是夜空中传来令人不安的声响。她聚精会神地听着。

这种感觉就像海上突然过来一股寒流一样。发生了什么不得而知，但能感觉到是一件可怕的事情……

钟声开始敲响的时候，司丽娜抱着装有夜光沙虫的罐子，小心翼翼地不让自己摔倒，慢慢走到了岩石堆上。然后她看准风向，在海面上将夜光沙虫撒成一片。被风吹散的夜光沙虫在黑色的大海上随波逐流，闪闪地发出蓝绿色的光。

司丽娜刚才就一直听见艾夏娜的哭声。她在喊妈妈。那哭声撕心裂肺，无比悲伤。

"艾夏娜，你别哭。我一定带你去找你妈妈。"

司丽娜望着那些承载美丽光芒的海浪，在心里暗暗说。

占据艾夏娜身体的拉斯古用毒针抵住国王的脖子，此刻他正陶醉在胜利的快感中。

"还是你们厉害啊，看来我不应该找他们。"拉斯古说着，用毒针威胁着国王。他用恐吓的语气命令道："塔鲁桑王子、士兵们，放下武器。就现在，马上！谁不听话，我就把国王的脖子扎穿！"

塔鲁桑气得咬紧牙关，却无可奈何。艾夏娜的身体被国王肥胖的身体挡住了，而且她身后就是悬崖。塔鲁桑让士兵们丢掉武器，自己也把预备的另一把鱼叉扔在了地上。

"好。那么塔鲁桑王子、卡丽娜公主，你们过来。对，就站在那里。背朝我们，面向岛主。"

塔鲁桑和卡丽娜两个人站在离国王三步远的地方。

"好。岛主们，现在是你们恢复名誉的时候了。让我看看你们的诚意。"

岛主们一个个脸色发白，往拉斯古的声音方向看去。

"我要看到你们亲手将国王杀死。"

这时人群中传出了呼声。

"你们还愣着干什么！不杀了他们，你们就等着被杀吧！"

正当拉斯古用女孩尖锐的声音怒吼时，他的眼前出现了闪光。那光太过刺眼，拉斯古想躲开，赶忙调整身体。他感到有什么东西钻进了额头里，不禁发出难受的声音。有人要把自己从女孩的身体里硬拖出去。

拉斯古的灵魂被拖到虚空中，看到一个全身被怒火包围的少年。少年的那张脸让拉斯古愕然了。

"是你这个小子！"

那是一张一看就拥有约格王族血统的脸庞。可是他的眼神却不似王族的眼神那样无力，而是像一道白色火焰般有力。

拉斯古从惊讶中回过神来，马上找回了自己。

"你以为知道如何让灵魂出窍就是我的对手了吗？"

查格姆则任由自己熊熊燃烧的怒火驱动自己的灵魂。灵魂力量的大小关键在于心力。假如自己胆怯，就会被对方杀死。

咒术师面露冷笑，突然他膨胀起来，像天空中的积雨云一样，直冲云霄。

他的脸一下子裂开了。他张开血盆大口，露出又滑又黏的舌头和闪闪发光的牙齿，扑向查格姆。他那条红黑色的舌头，疙疙瘩瘩沾满唾液，眼看就到了查格姆眼前。一股腥味迎面扑来。

要被吞掉了！

当查格姆就要被强烈的恐惧所压倒时，一瞬间，他的脑海里浮现出一个记忆——能将灵魂的力量发挥到极致的变化术。

就在那热乎乎的大口要将自己全身包裹的时候，查格姆闭上眼睛，让自己变化成了鹰隼。然后他飞起来，用尖锐的爪子抓、用嘴戳那条大红舌头。

随着带着鲜血的唾液飞溅和痛苦的叫喊，那张大脸缩小了。最后恢复成咒术师因发怒而扭曲的脸。

"浑蛋！"

拉斯古没想到太子居然会反击，不禁心生畏惧。他明明是太子，怎么会用咒术呢？约格的太子不可能接触这种巫术啊。怎么回事？

拉斯古心里虽然惊讶，但是马上开始了下一轮攻击。他把两只手变成火焰，用燃烧的双手抓住鹰隼，将它狠狠地捏住。

要被烧死了！查格姆感到剧痛，不禁号叫起来。

包围全身的火焰突然消失了，周围一片黑暗。

"殿下！"

查格姆浑身发抖，睁开眼睛一看，是修加抱住了自己。

"修加！"

被火焰包围的恐怖经历虽然让查格姆感到害怕，可是当他看到修加的那一刻，就从心底涌上一股勇气。两个人互相搀扶着，一起看向那个可怕的咒术师。

霍斯洛悬崖上的人们根本不知道这三个灵魂正在进行生死较量，只有桑加国王感觉到抵住自己脖子的毒针有些松动了，那个可怕的纳由古路莱塔之眼的手似乎垂了下去。桑加国王趁机赶忙从她身边离开。纳由古路莱塔之眼手上的毒针叮的一声掉在地上，她的身体像被脱掉的衣服一样，瘫在了高台上。

"杀了她。"国王一边喘气一边命令士兵，"赶快，把这个女孩扔到海里去……"

艾夏娜目睹了恐怖的灵魂大战,吓得浑身发抖。听到国王的声音,她往下一看,士兵们正用破布裹住自己的身体,像搬东西一样举了起来。

"他们要把我扔到海里去!"

艾夏娜哭号着,一下子钻进了自己的身体里。

拉斯古看到艾夏娜回到了自己的身体,也看到国王避开了毒针的威胁。就因为查格姆的捣乱,使他错失了酝酿已久的良机!

现在他能得的功劳就只剩下杀死新约格王国的太子了。可是这个太子会咒术,尽管技法稚嫩,但还有个帮手,要杀掉他们也会消耗不少能量。

该撤了——计划一旦失败就立即罢手,这是拉斯古一直坚持的理念。如果不甘心失败,反复纠缠反而会让自己失败得更惨。

拉斯古微微一笑,说:"太子,你看,那个女孩要被杀死了。"

说完,拉斯古便化作一个小小的光点,划出一道尾巴在虚空中消失不见了。

查格姆赶紧看向艾夏娜。只见艾夏娜孱弱的身体被几个士兵高举着,另外还有一个士兵把绑在艾夏娜身上的石头也高高举起。他们一起数着节拍,从悬崖上把艾夏娜和石头一起扔进了海里。艾夏娜发出尖叫,那声音越来越小,直至消失在黑暗里。

查格姆朝从空中落下的艾夏娜飞去。可是灵魂之手无法抓住艾夏娜的身体。就在这时，他感觉到一只小手想抓住他，他感觉到了艾夏娜的灵魂在坠落的恐惧中向他求救。

眼看就要摔进海面了。查格姆握着艾夏娜的小手，感受着艾夏娜的身体所受到的一切冲击。

那是一种全身被拍在一块巨板上的冲击，力度之大几乎让全身粉碎。之后，他变得无法呼吸，被一股强大的力量拉着不断下沉。

夜里的海底一片黑暗。他们越来越接近死亡的世界。

就在无法呼吸的痛苦中，查格姆感到有人抓住了自己。

"殿下，您快放开艾夏娜！"

查格姆听到了修加的声音。

"殿下，您也会跟她一起死的。快放开她！"

女孩苍白的脸庞宣告着死亡的降临，查格姆看见她已经不行了，手却还是没有松开。

修加也抱着查格姆没有放开。三个灵魂一起坠入了黑暗中。

塔鲁桑在悬崖上探出身体往下看，当他看到艾夏娜的身体被海水吞没时，也看见了黑暗大海里闪着绿光的东西。

难道是夜光沙虫？

霍斯洛悬崖附近不可能有这种虫子。就在那光芒乱舞之下，塔鲁桑能看见悬崖下边的岩石堆上有一个小小的身影在空中划了一条弧线，跃进海里。

看到这里，塔鲁桑全身开始抖动。那姿势实在太优美了，简直跟

第三章 举行仪式的暗夜

艾夏娜的父亲雅塔跳水的姿态一模一样。

塔鲁桑一扭身，捡起地上的鱼叉。

他全然不理睬周围注意到他这个举动的士兵的问话，径直走向悬崖的前端，把鱼叉当成潜水用的沉子，像桑加的渔夫跳水时的姿势一样，在空中跃出一条漂亮的弧线。

司丽娜听见艾夏娜的悲鸣时心中暗暗高兴，因为从声音判断，艾夏娜的灵魂已经回到了自己的身体。于是她毫不犹豫地跳入了漆黑的大海。

可是海浪比想象的更加猛烈，她的身体总是被海浪冲回岩石堆，怎么潜水也游不远。眼看着艾夏娜小小的身体在柔和虫光的映照下慢慢下沉，司丽娜拼命地划水。

就在这时，随着一声巨大的水声，有什么东西从自己眼前直线落下，钻进水里。

光的旋涡带着气泡旋转。有力的臂膀每次划水都划出一道夜光沙虫的光带，简直就像一条闪光的水蛇，一直朝艾夏娜的身体追去……

全身披着绿光的塔鲁桑一只手抱着艾夏娜，另一只手用鱼叉切断了绑着石头的绳子。那块沉重的石头留下一道白色的泡沫沉入海底。塔鲁桑抱住变轻了的艾夏娜急忙往海面上游。

当塔鲁桑的脸露出海面的时候，感到有一个人影靠近自己，在侧面帮助托着艾夏娜。他已然没有余力去看，两个人一起把艾夏娜的头托出海面，朝岩石堆游去。他们把艾夏娜拖上岩石堆，一边咳嗽一边调整呼吸。

两个人赶紧把艾夏娜面朝天放好,施行救生术进行抢救。

艾夏娜突然感到胸口有了气。原本已经笼罩她灵魂的死亡的黑暗一下子消失了。

查格姆和修加的灵魂也和艾夏娜的灵魂一起感受到了一股吹进艾夏娜身体的有力气息。每吹一下,黑暗就离远一些;每吹一下,就能感觉到力量的注入。

艾夏娜痛苦地扭动身体,吐了很多水,然后恢复了呼吸。查格姆和修加的灵魂同时感受到了凉爽甘甜的夜风。

从身体冒出的生命之线开始有力地鼓动,两个人由那丝线牵引着舞上天空。

5 为政者之污秽

司丽娜背靠着岩牢墙壁,抱着艾夏娜度过了一个长夜。

小而昏暗的灯光映照着潮湿的地面,上面还有铁格子的影子晃动着。

正像塔鲁桑王子说的那样,还不如逃走呢。

他们把艾夏娜从海里救上来以后，塔鲁桑王子严肃地望着司丽娜说："你怎么在这儿？我现在没时间听你说。你赶紧逃走！"

司丽娜茫然不知所措，塔鲁桑王子用更加严厉的声音催道："你快逃！一会儿士兵们来了你就走不了了！"

司丽娜吓得抖了一下，身体缩成一团问："你是让我带着艾夏娜逃走吗？"

塔鲁桑摇头。

"她是不是艾夏娜我不知道，也可能我不该救她。我只是看见你跳进去救她，不由自主救了她而已。我觉得不可能发生这种事，可还是……"

塔鲁桑的脸在淡淡月光的映照下，看上去十分痛苦。

"既然救了她就得受到制裁，肯定会被关进岩牢，防止再被人下咒吧。你还是快走吧。把今天的事儿都忘了，也别对任何人讲。"

司丽娜虽然不明白他想表达的意思，但还是赶紧站起身来。

这时，艾夏娜痛苦地咳嗽起来，蜷缩起小小的身体不停发抖。要不是这样，司丽娜可能当时就逃走了。

艾夏娜不停咳嗽，睁开眼睛不断地眨。当她看到司丽娜的时候，两眼放光，哭出声来，好像放心了似的。

那是一个迷路的孩子终于找到妈妈时的哭泣。

艾夏娜经历了许多可怕的事情，总是在几乎崩溃的边缘挣扎，现在终于得救了。她一直紧绷着的神经终于经受不住了……那哭声诉说着太多的委屈。

司丽娜打算逃走的心一下子就动摇了，但是不走的话她一定会后悔的。尽管司丽娜心里明白这一点，可她还是紧紧抱住了艾夏娜。那时才感觉到她的身体只剩下皮包骨头，几乎没有什么重量。

司丽娜听到士兵们的脚步离海浪拍打的岩石堆越来越近，却无法离去，就这样一直抬头望着塔鲁桑。

她们被关进岩牢之后，艾夏娜没有说过一句话。她就像一只被吓坏了的小狗，只是浑身发抖地依偎着司丽娜。她好像发烧了。原本又湿又冷的身体现在却很热，呼吸急促而痛苦，眼睛半睁半闭，似乎意识模糊。

塔鲁桑王子让卫兵给了她们干布和毯子。当士兵们把毯子递给她们的时候，塔鲁桑还目不转睛地盯着艾夏娜和司丽娜。那气氛紧张极了，连皮肤都几乎要绷破了一般。

"我早上再来。我会尽量替你辩护。别担心。"

塔鲁桑说完，看了一眼在司丽娜怀里闭眼发抖的艾夏娜。他还想说些什么，但还是什么都没说，转身快步离开了。

塔鲁桑王子畏惧艾夏娜，司丽娜却一点儿也不觉得害怕。因为司丽娜有过好几次奇妙的经历，已经对艾夏娜的灵魂十分熟悉。她怀抱着这个热乎的小身体，感到艾夏娜的灵魂就在她的身体里。

"纳由古路莱塔把他们带走的灵魂还给这个孩子了。我做得没错。"

"只要诚心诚意地把这些事都说出来，大家一定会明白的。"

夜晚静静地过去了。不知道过了多久，司丽娜听见有脚步声，猛然睁眼。不知何时她竟然睡着了。

"司丽娜。"

司丽娜一看来人，吓了一跳。

"萨……萨鲁娜公主。"

司丽娜在岛上曾经远远地见过几次这位公主。此刻她正沉静地站在自己眼前。

"太好了。你没事就好。还没人给你们送水和吃的吧？"

司丽娜眨了眨眼睛。

"是的，可能是的。对不起，我睡着了，不知道您来……"

萨鲁娜从铁格子的空隙里递进一个水壶和纸包。水壶很重很凉，上面全是水滴。当司丽娜明白这是冰镇的果汁和补充营养的食物时，十分感激。

"谢……谢谢您。"

萨鲁娜公主点点头，对司丽娜耳语起来。司丽娜不知道她为什么告诉自己这些，可是看到萨鲁娜公主认真的样子，她只得听着，边听边点头。

黏黏糊糊的红黑色的东西粘在身上，气味刺鼻。查格姆在梦魇中沉浮，污秽渗透进全身，身体也散发出污秽的臭味。

被切断的身体流出内脏，不住地痉挛然后变得一动不动的眼睛……被黏糊糊的、红黑色的舌头舔舐……

查格姆在梦中想举起手来，但污秽像胶水一样紧紧地裹着自己的身体，根本无法动弹。手指和脚尖也开始逐渐变成同样的污秽……

这时，修加说了一声："您想想大海，殿下。"

红黑色的东西开始碎裂，查格姆的额头感觉到了冰冷的水滴。

"看，要掉进海里了！"

查格姆看到扑面而来的海面。然后全身感到被板子痛打般的冲击。

冰凉的海水打在脸上，钻进鼻子里。硬石块一般的海水摩擦、吞没着他的身体，拉着他深深沉入海底。身上的污秽逐渐被剥离，皮肤恢复光滑，感到很舒服。一直沉到透明的黑色中。

好安静。什么也看不见。什么也没有。只有一片大海。海水的气味渗透全身，水轻轻地摇动着他，感觉很舒服。

一只冰凉的手温柔地摸着他的额头。

"查格姆殿下。"

查格姆像被猛然拽到海面上露出头来一样惊醒了。

一时间他不知道自己身在何处。昏暗的天花板上散布着银沙一般的星辰。原来是夜光贝壳，查格姆这才发觉自己是在桑加王宫的卧室里。

修加站在他的床边。

"噢，修加……我刚才做了个噩梦……"

修加点点头。修加显得十分悲伤，脸上还带着泪珠。查格姆睁大眼睛问："修加，你怎么哭了？"

修加苍白的脸上微微现出一丝笑容，低声说："您回来了，太好了。"

查格姆听完这话感到心中有股暖流一直涌到喉咙。他咬牙低下头来忍住要溢出来的情感。

以前听惯了的海浪声，此刻却觉得像在远处咆哮一样刺耳。

"殿下，萨鲁娜公主在屋外等您呢。"

修加用平静的语调把萨鲁娜的话告诉了查格姆——塔鲁桑和萨鲁娜如何重获自由之身，那个叫艾夏娜的女孩现在还被关在岩牢里。

查格姆听他说完，半晌才开口问："她为什么告诉我们这个？她明明知道告诉我们之后我们会做什么。"

修加一扬眉，苦笑道："我向您发过誓，绝不让您做明知有阴谋却坐视不理、看人冤死的事。我相信您可以保持圣洁光辉的灵魂，却同时按照礼节行事。"

噩梦中修加的声音化成冰冷的水滴撕碎了黑红色的东西，和那时一样，现在修加的话如同清凉的风吹进查格姆的身体，化成了推动他的力量。查格姆的脸上露出阳光般的微笑。

修加看到他的表情，觉得自己的心中也涌出一股暖流。

"殿下，您就把救艾夏娜的事交给我吧。"

查格姆有些不放心地看着修加。

"可以是可以……可是你也一直没睡吧？跟那个国王和卡丽娜公主交涉可是要费一番力气的。你还是休息一下再说吧。"

修加咧开干裂的嘴唇笑了笑说："谢谢您的体恤。不过此事紧急啊！没关系，殿下，我已经习惯整夜不睡看星星了。"

在外间等候的萨鲁娜看见修加，赶紧站起身来。她也是一夜没合眼了，脸色跟修加的一样苍白而疲倦。

"殿下怎么样了？"

"让您担心了。殿下已经没事了。萨鲁娜公主，感谢您告诉我们有关艾夏娜的事。"

萨鲁娜摇摇头。

"哪里。要说感谢的应该是我才对。殿下对我们的恩情，我和塔鲁桑都无以言表。那么，我们下一步该怎么做呢？"

"我去说。殿下已经把此事交给我了。只是……"修加放低了声音，"您要是带我去，会不会对您的立场不利？"

萨鲁娜笑出声来。

"想想昨晚发生的事情，还有什么可怕的？"

萨鲁娜虽然面带倦容，眼神却熠熠生光，十分精神。

"这是国家大事，不仅仅是一个渔家女儿的事。除掉祸根最好的方法，应该是先在形式上进行审判以示公平，然后再将其处死。我作为为政者的一员，受到的教育是这样的。"萨鲁娜微笑着抬头看着修加说，"但是也有与我们不一样的为政者，我想知道用阁下的方法会是个怎样的结局。"

除了差点儿被刺杀至今还在病房休息的卡鲁南以外，王室的人、重臣及将军整夜都在开会。主要的议题自然是针对达鲁修帝国的战略部署，以及对参与阴谋的岛主们的处置，至于艾夏娜，直到天亮也没有成为会议的议题。

等到主要的议题基本已经商议妥当以后，萨鲁娜请求中间休息，走出了房间。

萨鲁娜用了很长时间休息，当她再回到房间里的时候，她告诉大家，新约格王国的太子殿下的军师有重要的事情禀报，她已经把他带来了。

太子的军师这次对桑加王国做出了巨大贡献，对于这样的人物，桑加王国不能怠慢。于是，国王允许她带修加进来。除了卡丽娜、塔鲁桑及萨鲁娜，其他人都退出会场休息，之后桑加国王才让侍从传修加觐见。

修加刚步入会议大厅，桑加国王便大声笑道："快请进，修加大臣！"

修加深施一礼，抬起头来。

"我突然请求觐见，得到您的允许，万分感谢。"

"哪里哪里，您别客气。您如此客气就太见外了，您随意就好。不知查格姆太子殿下怎么样了？"

"其实在下就是为此事而来的。"

国王的眼中流露出好奇的神情。修加用平静的语气说："如您所知，新约格王国的国王拥有神圣的血脉。查格姆太子殿下也具有圣洁神血的血统。我们做臣子的应该保护太子远离流血与死亡，这是我们的责任。可是此次由于在下的能力有限，没有保护好太子殿下，使得太子殿下沾染了血与死的污秽。这污秽不仅指死人本身，也包括用自己的意志置他人于死地的死之污秽。殿下还在身体的深处禁闭自己的灵魂，至今还无法恢复。这样下去也可能会有生命危险。"

国王听到这里微微皱了皱眉头。因为他对神圣的灵魂这种陈旧的说法本来就不太能理解。

难道查格姆太子被污染这件事是要赖在我们桑加头上？

"哎呀！让新约格王国的神圣太子为我们做了这么多不圣洁的事真是抱歉哪！我们衷心感谢太子殿下甘愿冒着生命危险帮助我们的恩情。"

国王这么说实际上是在告诉年轻的观星博士，帮助桑加这件事是查格姆太子自己的决定。

"如果我国的医生能够为救治太子略尽绵薄之力，无论多么珍贵的药材，我们都愿意倾囊提供。"

修加微微抬起头说："感谢您的好意。我也是为了这个才来求您的。"

国王的眉间出现了明显的皱纹。因为他不知道修加到底想说什么。

"嗯。救命之恩，我们当涌泉相报。不知您到底需要的是什么样的药？"

修加抬起眼睛望着桑加国王的眼睛说："要救查格姆太子殿下的命，就必须净化殿下的灵魂。要净化杀人的污秽，最有效的办法是通过救人这个方法使太子殿下自身感受到救人的德行。由生者的生命之光去洗刷死的污秽。还请您赐予一次救人的机会。"

桑加王室的人——包括卡丽娜都猜不出这个年轻的观星博士的葫芦里到底卖的什么药，只得一言不发继续听他说下去。

修加微微一笑。

"殿下是个仁慈之人，不忍看到无罪的女孩枉死，因此一直伤神无法恢复元气。那个女孩就是能解救太子殿下灵魂的良药。"

桑加国王和卡丽娜的脸上露出了恍然大悟的神情，终于明白修加为何而来。

"你是说纳由古路莱塔之眼吗？"国王低声说。

修加点点头。

"没错。正是在贵国被称为纳由古路莱塔之眼的女孩。但实际上进入那女孩身体的并不是纳由古路莱塔，而是咒术师。"

国王感到脖子上的汗毛竖起，似乎当时毒针抵住的地方现在又疼了起来。他干咳了几声说："那个女孩的确是被咒术师利用了。但是把这样的人送到查格姆太子殿下身边不是很危险吗？"

"这个您不必担心。在下察觉到那个咒术师已经离开了那女孩的身体。"修加淡淡地说，"在下是查格姆太子殿下身边的天道观星博士，太子殿下命令我专心祈祷为您护驾，因此那天晚上在下集中身心做了祈祷。在下虽然力量有限，但是神灵是不会让邪恶得逞的。当时在下就已感觉到，咒术师已经退却，国王已经安全。那对我来说也是一次浑身发抖的神圣体验。"

国王不知该如何回应才好，沉默了好一会儿。最终打破沉默的不是国王，而是卡丽娜。

"对不起，如果有所冒犯还请您原谅。不过，我们并不是约格人，我们也不信仰天道。所以您说的是不是真的，我们无从判断。"

修加口中说的向神祈祷就能让咒术师退却这件事让他们难以相信。卡丽娜觉得他这么说只是为了逞能。查格姆太子殿下和塔鲁桑他们都想救那个叫艾夏娜的女孩，这肯定是为了救人想出来的计策。

不过话说回来，事情也确实存在一些疑点。原本一直占上风的咒术师为什么突然放松了威胁国王的毒针，而且还瘫倒在地呢？这件事的缘由不得而知。如果是因为咒术师的咒术被揭穿了的话，那么那个年轻的观星博士也许还真有两下子。

但是假若承认是他救了国王的性命，那桑加欠新约格王国的人情就太大了。卡丽娜正要说话，修加先开口了。

"那当然。我的意思只是想说明，我个人相信咒术师已经离去，所以将那个女孩带到查格姆太子殿下身边也并无危险。"

卡丽娜望着修加想，他的意思是他并不想要桑加王国承认新约格王国对国王施恩。修加只是想为太子殿下救下那个女孩而已。

卡丽娜想，那就给他想要的吧，反正也没什么坏处——既然我都已经处理完了。

"父王，我们就相信查格姆太子殿下和修加大人吧。他们二人都是贤明之人，应该能够体察我们做出如此判断需要多么大的勇气。"

国王认真地看着自己的大女儿，好一会儿才终于点头同意。卡丽娜朝修加投去认真的目光，说，"修加大人，您能明白吧。对我们这种不懂咒术的人来说，咒术师实在是太可怕了。但是既然修加大人您做了保证，我们就相信您。"

卡丽娜摇响手铃叫侍从上来。

"去岩牢把那个女孩带来。"

从侍从退下一直到回来的这段时间里，卡丽娜一直在思考应该怎么安抚查格姆太子殿下。因为查格姆太子殿下差修加来拯救的那个女孩已经死了。

纳由古路莱塔之眼被那个拉夏洛女孩抱着关进大牢的时候，卡丽娜就已经对自己信任的侍从做了指示。到了天亮时分，等她们饥肠辘辘的时候，就给她们掺了药的水和食物。只要喝下那种药，就会陷入昏睡状态，在睡梦中死去，是一种不会给人造成痛苦的毒药。

卡丽娜认为，当时很多人都看见那个从悬崖上掉进海里的女孩已经发了高烧，而那个拉夏洛女孩也十分虚弱，只要说她们是发高烧而死，应该没有太大的问题。虽然可怜，但也没有办法。

卡丽娜暗暗感叹，那个查格姆太子虽然是个有智谋的人，但还是稍显幼稚。这一点对于萨鲁娜来说可能很有魅力吧。

想到这里，她听见敲门声，是等待准许入室的侍从。门开了，当卡丽娜看到进来的人时，不由得僵住了。

跟着侍从一起进来的是那个惶恐的拉夏洛女孩和她怀中抱着的女孩。拉夏洛女孩看到萨鲁娜，朝她轻微地点点头，然后便走向注视着

第三章 举行仪式的暗夜

自己的人。

艾夏娜由于发烧满脸通红,也许是走动弄醒了她。她半睁半闭着眼睛,像个小婴儿一样吸吮着大拇指,用因发烧而蒙眬的眼睛茫然地望着其他人的脸。

终　章

在虚空飞翔的鹰隼

铁灰色的大海静静地延伸，就在这大海的对面正有飓风袭来。南方大陆已经不再是一个遥远的国度。

　　这股飓风今后将掀起怎样的惊涛骇浪，现在不得而知。但无论波涛如何汹涌，人们都将永远为追寻自己心中的光芒而生……

岛主们被处以三日法，但是缓期执行，被关进了监狱。新的岛主将从他们的儿子和兄弟中选出。

国王对新的岛主们说："你们如果对王国忠诚，在战争中奋力立功的话，我可以对因谋反而被关在监狱里的人法外施恩。"这是拿他们的父亲和兄弟作为人质，使得岛主们再也不敢背叛国王、与达鲁修勾结。

大多数宾客不知道有人想在宴会上刺杀卡鲁南王子，因此很多国家的国王都在那场宴会上目睹了惨剧，自己也身陷险境。他们强烈谴责桑加国王，为什么只有新约格王国、坎巴王国及罗塔王国的人知道内情，另外，擅自在大厅里藏匿了武器这件事也让他们难以接受。

桑加国王也没有办法。他只好解释说，只有新约格王国、坎巴王国、罗塔王国如此冒险行事，才能揭穿达鲁修帝国的阴谋，这是他们对桑加的友善相助。实际上，在这次事件中死伤的都是桑加、罗塔、新约格的士兵，这也能印证桑加国王说的是实情。

桑加王国因其地理位置成为保护北方诸国的一面盾牌，因此如果达鲁修的阴谋得逞，各国都将成为牺牲品。桑加国王主张，达鲁修帝国已经发动了对北方的侵略，希望各国不要指责桑加，而是应当与北方诸国联合起来一起加固桑加这面盾牌，阻挡住侵略。

军船已经在港口集结，开始运输物资，南方的天空依然碧蓝晴朗，但是空气中充满了兴奋和紧张的气氛，这说明大国的威胁已经迫在眼前了。

塔鲁桑没有送查格姆离开，反而是查格姆送他。因为临时决定初战由塔鲁桑统率，在查格姆回国的前一天，塔鲁桑就要乘着军船出港了。

出发当天的早上，查格姆参加了为塔鲁桑王子壮行的仪式。

不久前，桑加国王就是在这个广场上宣告了塔鲁桑的谋反罪，如今还是由桑加国王亲口告知大家，是塔鲁桑牺牲自己揭穿了敌国的阴谋，这给了塔鲁桑莫大的勇气。

一身军装的塔鲁桑比平时更加英姿飒爽。在香格拉姆笛高昂的演奏声中，塔鲁桑向客人们一一告别。

终于，他来到查格姆的座位前。他盯着查格姆，似乎心中有千言万语，然后深深低下了头。

"查格姆太子殿下，您为我们做的一切我终生不忘。"

查格姆隔着薄纱望着塔鲁桑泪光闪闪的眼睛，还了一礼。

塔鲁桑磨得锃亮的鱼叉在阳光下更加耀眼，查格姆这才有了更真切的感受：塔鲁桑真是要上战场了，有可能今后再也见不到了，他是我这辈子交到的第一个同龄的好朋友，可是现在也许是今生跟这个好朋友的最后一次见面了。

塔鲁桑难道不怕吗？即将跟手持武器的人对打厮杀，他此刻是什么心情？

塔鲁桑扬起脸，眼里却闪着自豪自信的光芒。

"我会为您祈祷，塔鲁桑王子殿下，您做的一切我也不会忘记。"

塔鲁桑笑了，把脸凑近查格姆，小声说道："殿下，您别生气啊。我第一次见到您的时候，特别讨厌您那块薄纱。我想这个人怎么隔着块纱看人呢。说实话，我现在也不太喜欢这块纱。因为您的脸庞、您充满力量的双眼都被遮住了。"

塔鲁桑呵呵一笑补充道："我一定会打赢战役，再跟摘掉面纱的殿下您见面。"

说完，他毕恭毕敬地敬了一礼，满面红光地转身离去。查格姆目送塔鲁桑离去，感到自己和塔鲁桑之间隔着无法跨越的距离。

——我也讨厌这块纱。我一直讨厌这块纱。

但是，塔鲁桑，你却没有发现你自己也一直戴着一块叫作王子的看不见的面纱啊……

查格姆望着塔鲁桑所率领的雄赳赳气昂昂的士兵们，不由得想道：如果是自己带兵，心中有的不是骄傲，而是痛苦吧。

天亮时就开始下的小雨，打在屋檐上啪啪地响。

司丽娜在拉克拉的店里一边收拾小鱼一边听着雨声。艾夏娜还在里屋睡着。她的身体还是很虚弱，高烧也一直不退。司丽娜想，等她好了，就马上带她回卡鲁修岛。

等回到卡鲁修岛再盘算以后的事吧。她只想赶快见到爸爸，但是如果贸然赶到二岛去，万一赶上达鲁修和桑加在那里交战就麻烦了，那样别说找爸爸，自己保命都难。

"反正我遵守了约定。多哥鲁也一定会遵守对我的承诺。爸爸他们一定在二岛过得好好的。"

司丽娜这样安慰着自己，手里熟练地切着鱼。

真想早点儿回到卡鲁修岛去。总之，就是想尽快远离王宫。

那天黎明，萨鲁娜公主对她耳语的话，她一开始没明白是什么意思，当她终于明白过来的时候，简直怕得全身汗毛都立起来了。到现在她也不知道为什么她们要毒死自己，但是如果她继续搅和到王宫的事里去，就肯定会像舟虫一样被船舷压死。为这件事吃的苦头已经够多了，今后再也不想跟王宫有任何关系了。

无边无际的星空下吹来一股海风。司丽娜想念在海上漂浮的泡沫和海浪声。

"我们赶快回到卡鲁修去。等我把艾夏娜带回家，艾夏娜的妈妈一定会高兴得流泪。这次我得了很多赏赐，要给岛上的每个人都买份来自都城的礼物，大家一定会高兴的。"这样一想，司丽娜的心情变得愉快了。

就在这场雨中，查格姆也在王宫迎来了出发的时刻。

"这真是让人依依不舍的绵绵小雨啊……"

直到送查格姆钻进牛车时，萨鲁娜才低声说了这句话。

查格姆说："我们一定会再相见的，对吗？"

听了这话，萨鲁娜伤感的脸上有了一丝笑容，她点点头。

队伍拥着牛车缓缓地穿过烟雨朦胧的异国王宫，等他们也和来时一样在望光之丘稍做休息时，已是下午了。

雨不知下了多久，终于停了。站在山丘上看着低低的云彩飘过海面，查格姆简直无法相信，他第一次站在这里竟然仅仅是二十多天前的事。

查格姆像来时一样，感到修加站在他身后，但他没有回头，继续望着天空和大海。云彩缓慢地游走，天空已有些昏暗。在遥远的海天相接之处，那条有些弧度的海平线上已经有了点点黄色的灯光。

铁灰色的大海静静地延伸，就在这大海的对面正有飓风袭来。南方大陆已经不再是一个遥远的国度。

这股飓风今后将掀起怎样的惊涛骇浪，现在不得而知。但无论波涛如何汹涌，人们都将永远为追寻自己心中的光芒而生……

鹰隼在海天之间飞舞滑翔，发出口哨声一般的鸣叫。

"修加。"

"是。"

"我就是这样的太子。"

修加扬起眉毛，心里猜想这话的意思。

"有时候自己也管不住自己。虽然是神圣的新约格太子殿下，但是个性还是有些不羁。"

修加苦笑道："是啊。"

查格姆还是没有回头，继续望着大海。

"在与死神的对决中，你没有放弃我。这不仅是因为你对我忠诚，应该还有别的。谢谢你！"

修加什么话也说不出来，只得眨了眨眼睛。

"原谅我，修加。就因为我不羁的个性，说不定某一天会连累了你。那时你要是觉得拉不回来我了，你就放手吧。我绝对不会怪你。到那个时候，我希望你能活下去，继续寻找一条与我不同的救国之路。"

"殿下……"

查格姆的目光追踪着在高空中小得像黑点般的鹰隼说："我就偏要带着我这个不羁的个性走下去。像在海天之间翱翔的鹰隼那样，属于天，也属于海，却不专属于某一方，我要像它一样，一直飞下去。还有，总有一天我要让新约格王国成为不会让士兵像棋子一样死去的国家，一个我不用再在头上盖着薄纱的国家，一个能跟我的国民融为一体的国家。你说这是不是个幼稚的想法？不过就算这是个幼稚的梦想，我也会一直怀着这个梦想飞翔下去。"

说到这里，查格姆终于回头看了一眼修加，说："你不要把你自己的才能都消耗在政治上，要保护好你的慧眼。你的眼睛是能够发现异界的慧眼，千万不要让这双眼睛失去了光彩。"

修加的眼睛里噙满泪水，一行泪顺着脸颊流下。

一束光芒割开阴云照在他们的脸上。

那是来自南方的有力而透亮的光。

图书在版编目（CIP）数据

虚空旅人 /（日）上桥菜穗子著；刘争译. —广州：
新世纪出版社, 2023.8
ISBN 978-7-5583-3924-0

Ⅰ.①虚… Ⅱ.①上…②刘… Ⅲ.①长篇小说—日本—现代 Ⅳ.①I313.45

中国国家版本馆 CIP 数据核字（2023）第 104180 号

广东省版权局著作权合同登记号　图字：19-2023-154 号

Kokû no Tabibito
Text copyright © 2001 by Nahoko Uehashi
Illustrations copyright © 2001 by Miho Satake
First published in Japan in 2001 by KAISEI-SHA Publishing Co., Ltd., Tokyo
Simplified Chinese translation rights arranged with KAISEI-SHA Publishing Co., Ltd.
through Japan Foreign-Rights Centre/Bardon-Chinese Media Agency

出 版 人：陈少波
责任编辑：刘　璇
责任校对：李　丹
责任技编：王　维
装帧设计：易珂琳

虚空旅人
XU KONG LÜREN

[日] 上桥菜穗子　著　刘争　译

出版发行：新世纪出版社（广州市越秀区大沙头四马路 12 号 2 号楼）
经销：全国新华书店
印刷：河北鹏润印刷有限公司
开本：700 mm×980 mm　1/16
印张：16.75
字数：188 千
版次：2023 年 8 月第 1 版
印次：2023 年 8 月第 1 次印刷
定价：42.00 元

版权所有，侵权必究。
如发现图书质量问题，可联系调换。
质量监督电话：020-83797655　购书咨询电话：010-65541379